彼女が花に還るまで

石野晶

JN019151

双葉文庫

目次

彼女が花に還るまで

第一章　ソメイヨシノ

バスの中で初めて彼女の姿を見かけた時、白い花が咲いているように見えた。どうしてこんなところに花が……と瞬きするうちに、花の姿はかき消えて、長い黒髪の女の子が立っているのが見えた。

甘くて、胸の奥に懐かしさを置いていくような香りが、鼻先をかすめた。

大学の仲間に今住んでいる場所を告げると、実家暮らしなのかと訊ねられる。借家で一人暮らしだと答えると、大学の近くにアパートもあるし、学生寮だってあるのにと、口をそろえて言われる。

確かに大学へ通うのには少々不便な場所だった。車なら十五分程度だがバスだともっとかかるし、自転車となると四十分はかかる。それでもそこに住むことに決めたのは、破格の家賃で家を貸してくれるという人がいたからだった。

父のいとこだというその大家さんのご厚意で、ワンルームのアパートと同じだけの家賃で、風呂トイレつきの平屋の一戸建てに住むことができる。これだけ離れていれば、友人達のたまり場にされることもないだろうという計算もあった。坂の途中にある住宅街の、集合アパートの横にポツンと建つ平屋だ。洗濯ものが干せるだけの小さな庭があり、ダイニングキッチンの他に、居間と寝室があるという、学生の一人暮らしにはぜいたくと言える間取りだろう。

裏道を通れば駅も近く、バス停にもすぐ出られる。願ってもない環境で一人暮らしができる。住み始める前はそう思っていた。

しかし、いざ引っ越しを終え、日々の生活が始まると、思っていた以上の孤独に苛《さいな》まれた。近隣の住民とは顔を合わせてもあいさつをするだけの仲で、大学へ行ってもまだ親しく話せる相手もおらず、家へ帰っても広い空間に空気が冷え切って待っているだけ。

学生寮なら、話し相手くらいはできただろうに。ひとりぼっちで黙々と夕飯を食べることもなかっただろうに。自分の選択をほとほと後悔し始め、連休の帰郷で里心もつき、ホームシックになりかけていた、昨年の五月のことだった。

通学にはなるべく、バスを使うようにしていた。借家のある坂を登り切り、砂《じゃ》利道《りみち》を進んでいくと、やがて道は林の中へと入る。クマ出没注意の看板にびびりながら林を抜けると、そこが一面の草原となっている。

四月は、まだそこは枯れ野原だった。茶色い草の下から新たな草が芽生え、気づかぬうちに伸び、五月のその朝、目に痛いほどの青々とした草原となって僕の前に現れた。

盛岡《もりおか》よりも北にある町の住宅街で生まれた僕は、あまり自然に親しむことなく育った。山も畑もそれなりにある環境だったが、親がそろって虫嫌いだったためか、草木に触れる機会がないままにこの歳になってしまったのだ。

一面青々とした草原の中を一人突っ切っていくと、その青臭さが体のあちこちから入りこんでくるような気がした。悪くない感覚だった。風が吹き、草がそよぎ、そこに銀色の波が立つ。緑色の海のただなかに浮かんでいるようだった。雑草がこんなにも美しい光りかたをするのだということを、初めて知った。

その景色の中を歩きながら、僕は子供時代にこういうものを見ておくべきではなかったかと、悔しくなった。だけど、まだ取り返しがつくとも思った。だから、ここで暮らしていこうと、覚悟を決めた。

初夏になれば草原の青臭さはますます強まり、銀の波はザブザブと打ち寄せた。かと思えば、ある日いっせいにトラクターで刈り取られていたりした。それもまた、清々《すがすが》しい光景だった。

住宅街を囲む山のあちこちでキジの鳴く声が響き、バス停へ向かう途中で三匹のキジが対峙している場に出くわしたこともあった。ウォーキングしていた見知らぬおじさんと、思わず顔を見合わせ「キジ」「キジ」と会話してしまったほどだった。

大学の生活にも慣れ、適当なサークルに入って仲間を増やし、休みにはバイトもし、秋になれば林にドングリが降った。林を抜けるたびに服にトゲを持った種がつき、そのまま学校へ行ってはどこから来たのと笑われた。

バスの窓から見える岩手山《いわてさん》の頂上がある日白く染まって、冬が来た。

岩手の冬は厳しい。そんなことは子供の時分から、身をもって知っているはずだった。それでも初めて借家で迎える冬の寒さといったらなかった。壁の断熱の具合や、日中家を空けているせいもあったのだろう。

一人暮らし用の小さなヒーターでは家全体を温めることができず、冬場は寝室は使わず閉め切ることにした。着替えを取りに寝室の扉を開けると、冷凍庫のように冷え切っていた。家の中でも息が白くなるのだと、この冬初めて知った。

雪が積もると草原を突っ切る道は使えなくなった。少し遠回りしてバス停まで行くことになる。

雪の朝はまず、家の周りの雪かきから始まる。実家暮らしのころは両親がせっせと雪かきする姿を見ながら、何もそんなに焦ってやらなくてもと思っていたものだったが、雪は放っておくとどんどん固くなるのだ。降りたてのうちにどけてしまうのが、結局一番楽にすむ。

車を持たない僕は、灯油を買うのにも苦労した。ガソリンスタンドから持ち運ぶには重すぎるし、二缶程度で宅配してもらうのももったいない。助けてくれたのは隣の家に住む老夫婦だった。家に大きな灯油タンクを持つご夫婦に、灯油を分けてもらえることになったのだ。聞くと、集合アパートの一人暮らしの住民にも分けてあげているのだという。宅配料金の分はいらないということだったが、申し訳ないので帰省した時は丹市《たんいち》パンを買っておみやげに持って行った。

寒さと雪かきの苦労とにひたすらに耐えて春が来て、気がつけばまた青々と広がる草原の中を突っ切ってバス停まで歩く季節となっていた。その草が秋草となり霜柱が立ち、また冬が来る。

一人暮らしを始めて二度目の冬はそれなりに落ち着いて迎えることができた。

天気予報の予想気温を参考にしながら、寝る前には水道の元栓を閉め水を落とし、明け方どこかで雪かきをする音がしたら、早めに起きてスコップを手に外に出る。雪かきをしていると、自然と近所の人達と話をする機会も増えた。

そんな日々のなかで、僕は彼女を見つけた。


最初に彼女の存在に気がついたのは、雪が積もり出したクリスマス前のことだったと思う。積雪で自転車が使えなくなると、とたんにバスの乗車率が上がる。暖房と人いきれにあえぐように顔を巡らせた時、近くに立つ彼女の存在に気がついた。

最初、花のように見えたその人は、肌の色が白く肩も腰も細くて、力をこめて押したら、花の茎のようにポキリと折れてしまいそうだった。そんな華奢《きやしや》な子が人でいっぱいのバスの中に押しこめられているのは、見ているだけで何だかハラハラとするものだった。

バスが揺れて周囲の人が彼女にぶつかるたび、大丈夫だろうかと心配してしまって目が離せない。ハラハラし通しで目的のバス停に着くと、降車口へ向かう学生達の波に彼女も並んでいた。

バスを降りると大学の門がある。細い茎と可憐な花びらを思わせるその後ろ姿が、門の中へと入っていく。

ああ、同じ大学の学生だったのかと、思わずため息がもれた。十二月の空気の中でそれは、文字でも書けそうなほどに白く染まった。

同じ大学に通っていても、学部が違っていれば顔を合わせる機会などない。彼女に会える機会はバスの中に限られていた。それも授業の時間が合わなければ一緒にはならないわけで、週に一度会えればいいほうだった。

バスに乗るたびに、今日は彼女に会えるだろうかと胸を高鳴らせる。小学生のころの夏休みに、朝顔を育てていたことがあったが、その時の気持ちに似ていた。

毎朝目覚めるたびに、今日こそは花が咲いているだろうかと心待ちにしながら、朝顔の様子を見に行く。咲いていなければがっかりはしたが、また明日の朝を楽しみにできるとも思えたのだった。

僕にとって彼女の存在は、美しい花と同じだった。見られたらその日一日幸せな気持ちで過ごせるし、会えなくても次の機会を心待ちにできる。声をかけようとか、彼女がどこの学部か調べようという気にもならず、遠目に見守ることができればいいという思いしかなかった。

年が明けて盛岡の町は冬のただなかにあった。吹雪が続いて道路は凍りつき、バス停まで出る道もスケートリンクのような有り様だった。

防寒着で全身を包み、目と鼻だけ出して吹雪の中を歩いていると、自分は何のためにこんな苦行をしているのだろうという気持ちになってくる。目指しているのは雪山の山頂ではなく、大学の教室だ。ここまでして授業を受けなければならないのか？　吹きっさらしのバス停でその思いはさらに強まったが、遅れて到着したバスに乗りこむと、暖房の温かさに心も体も解凍されていくようだった。

雪の張りついた窓越しに、いつも彼女が乗りこんでくるバス停が見えてくる。もこもこに着ぶくれているけど、彼女だとわかった。明るめのグレーのコートにひざ丈のブーツ。白いニット帽に白いマフラーで口元まで覆っている。

乗りこんできた彼女は僕の真横に立つと、マフラーをゆるめてほっと息をついた。マフラーはどうやら手編みのようで、その端には毛糸で編んだ薄紅色のバラの花が咲いている。

いつかもかいだ、甘い花の香りがした。春の陽光とミツバチの羽が空気を震わせる感覚までが、伝わってくる気がした。

その時ガタンとバスが揺れ、彼女の手が吊り輪から離れた。まるで朝顔がしぼむように、彼女の体が床に落ちていく。

「大丈夫ですか？」

とっさにそう声をかけると、彼女はうなずいてみせたが、その顔は青白くとても大丈夫そうには見えない。

「ここ、空けるからどうぞ座って」

近くの席に座っていたご婦人が席を空けてくれ、遠慮し続ける彼女をどうにか席に収めることができた。

大丈夫かと聞いてもきっと大丈夫としか返ってこないだろう。そう思うと、心配でも何も言えなくなる。結局何の声もかけられないまま、バス停に到着してしまった。

彼女が降りるのを待って自分もバスを降りると、外は相変わらずの吹雪だった。ゆっくりながらも歩き出した彼女は、だけど道路を渡ったところで力尽きたようにうずくまった。

「大丈夫ですか？」

背中に手をかけて、それしか言えない自分を歯がゆく思った。

「ごめんなさい。少し休めば、よくなるので」

「じゃあ、医務室に行きましょう」

彼女はいぶかしそうな目で僕を見た。

「あ、僕もここの学生なんです」

あわてて学生証を見せると、警戒が解けたように表情がやわらぐ。

「歩けますか？　よかったら、肩貸しますので」

遠慮がちに僕の肩につかまると、彼女は立ち上がった。

医務室がある中央の棟までは少し歩く。雪をよけるために建物の中に入ると、彼女の腕を支えながらゆっくりと歩いた。

「どこの学部か聞いてもいい？」

「農学部の一年生です」

「僕は理工学部」

「あ、お時間大丈夫ですか？」

「うん、急ぎじゃないから」

農学部農学部と心の中でつぶやきながら、僕は話の接《つ》ぎ穂《ほ》を探していた。誰か農学部に知り合いはいなかっただろうか。悲しいかな、大学内でせまい人間関係しか作っていなかった自分には、そんな人間は思い浮かばなかった。会話の糸口を探すうちに、いつの間にか学生棟へとたどり着いていた。

医務室へ入ると女性スタッフが「あら、いらっしゃい」とにこやかに迎えてくれた。ネームプレートには本原《もとはら》とある。

「あの、彼女バスで具合が悪くなって。少し休ませてもらえませんか」

「はいはい、いつものやつね。じゃあ奥のベッドにどうぞ。えっと、アイビーちゃんでいい？」

「すみません。お願いします」

二人のやり取りに疑問を抱きながらも、とりあえず奥の部屋へと彼女を連れていき、ベッドに横にした。そこへ先ほどの女性が鉢植えを抱えてやって来た。

「はい、アイビーよ。じゃあゆっくり休んでいって」

鉢植えをサイドボードに置くと、本原さんはカーテンを閉めて去っていった。

「いつものやつって、よくなるの？」

「はい、ごめんなさい」

「いや、君が謝ることじゃないけど。で、このアイビーは何の意味が？」

「植物がそばにいると、落ち着くんです」

そういうもの……なのだろうか。何か腑に落ちないものを感じながらも、休みたいのに邪魔しちゃ悪いなと退散することにした。

「じゃあ、僕は授業があるんで」

「ありがとうございました。ご迷惑をおかけしてしまって……あの、お名前を聞いてもいいですか？」

「理工学部二年の谷村温人《たにむらはると》です」

「農学部一年の花守木綿子《はなもりゆうこ》です」

ペコリと頭を下げ合って、僕は医務室を後にした。

寝ても覚めてもとは、こういう状況を言うのかもしれないと、初めて思った。寝ても覚めても、彼女のことが頭を離れない。体調は大丈夫だろうか。あの花の香りは、香水か何かの匂いだろうか。植物がそばにあると落ち着くって、どういうことだろう。

木綿子はバスの中で顔を合わせると、遠くから会釈したり、小さな声であいさつをしたりしてくれるようになった。だけど落ち着いて話ができる状況はなかかなか訪れず、もんもんとするうちにいつの間にか冬の峠は越えて大学は春休みに入っていた。

春が近づくと北国は、水の音と匂いに包まれる。アスファルトの熱で雪はどんどん解け、あちこちにシャーベットを載せた水たまりができる。屋根からはつららが長く垂れ下がり、その表面を水が流れ落ちてポチャンポチャンと楽しげな音を奏でていた。黄金色を帯びた日差しに、水に包まれたつららは虹色の光を弾く。ガラス細工よりももろいそれは、何の前触れもなく音を立てて崩れ落ちていったりした。

休みの間も実験のために学校に通う日が続いていた。ポッカリ時間の空いた僕の足は、何故だか医務室へと向かっていた。そこへ行っても木綿子に会えるわけでもないのに。

入り口でウロウロしていると「具合が悪いの？」と目ざとく声をかけられた。この間も応対してくれた本原さんだった。彼女もすぐに僕に気づいたようで、

「ああ、木綿子ちゃんを連れてきてくれた人」と目じりを下げた。

「この間はご苦労様。今日は何か？」

「あ、えーっと、彼女、今日は来てないですよね？」

「ここにはあれから来てないわよ」

「ああいうこと、よくあるんですか？」

「入学したてのころは多かったわね。でも最近は割と大丈夫になってきてるみたい」

「何か、深刻な病気を抱えてるとか？」

「そういうのじゃないわよ。気持ち的なものだと私は思ってるけど。健康診断の結果も悪いところはなかったし。あらだめよ、あんまり個人的なこと聞いちゃ。はい、木綿子ちゃんの情報はここまでね。カウンセリング受けたいのなら予約してちょうだい」

ピシャリといった感じで話を終えると、本原さんは背を向けた。これは退散するしかないかと、失礼しますと言いかけた時、本原さんが振り向いた。

「一つだけいいこと教えてあげる。植物園が木綿子ちゃんのお気に入りの場所よ」

手にしたファイルに目を落としたままでそう言うと、本原さんは一瞬顔をあげ、ウインクしてみせた。

「ありがとうございます」

勢いよくおじぎして、そのまま僕は教えられた植物園へと向かった。

構内にはあちこちに僕の祖母くらいの樹齢を持つ大木が存在する。どこへ行っても緑が存在する学校ではあるけれど、農学部の近くにある植物園と呼ばれる付近は公園と言ってもいいような眺めになっていた。

まだ雪の残る植物園には、それでも温かな日差しを浴びながら散策する人達がちらほらといる。出入りは自由にできるので、近所の人達も散歩にやってくるのだ。夏場は蓮の花が咲いている池にはまだ氷が張っていて、そこに解けかけた雪が積もっている。それでもここも、春の予感をさせる水の匂いに満ちている。

解けかけてかき氷のようになっている雪を踏みながら池の周りを歩いていると、木の茂みの影にしゃがみこむ背中を見つけた。長い黒髪とマフラーに咲いたバラの花とで、すぐに木綿子だと気がついた。

茂みの下には雪はなく、木綿子はそこを熱心に見つめていた。一体何を見ているのかと背後から目をこらしてみるが、落ち葉くらいしか見つからない。

「あの、ごめんなさい」

できるだけ穏やかに話しかけたつもりだったが、彼女は飛び上がるようにしてこちらを振り向いた。勢いでマフラーが肩から滑り落ちる。

「ごめんなさい、驚かせてしまって。何を見てるのかなと、気になって」

「あ、谷村さん……でしたよね。花の芽を見てたんです」

「花の芽？」

細い指で彼女は指さした。手袋をしていないせいで指先がほんのり赤く染まっていた。何も塗られていない爪は、貝殻のようにつるんとしている。その先の落ち葉の中から緑色や黄色の小さな芽が、ほんの少しだけ顔を出していた。

「これ、何の芽？」

「スイセンです。この芽を見ると、もう春なんだなって思いますね」

スイセンと言うと、黄色い花だったろうか。それが春の花だということも、自分は意識したことがなかった。木綿子は我が子を見守るように小さな芽達を見つめていた。

「まだまだ雪も降るし、夜はマイナスになるしで厳しいですけどね、この子たちが頑張ってるのを見てると、自分も負けてられないって思うんです」

木綿子は立ち上がって、マフラーを直しながら微笑んだ。僕のあごの下に、ちょうど彼女の頭が来る。マフラーに咲いた毛糸のバラが彼女の頬の辺りにあって、それがよく似合っていた。寒さのせいか彼女の頬もバラと同じ色に染まっている。

「そのマフラー、きれいだね」

よく似合っているの一言は、どうにも気恥ずかしくてつけ足せなかった。

「ありがとうございます。母の手編みなんです」

「へえ、手編み。お母さん器用なんだね」

木綿子は何故だか寂しそうにうなずいた。雪が降り止むように会話が途切れて、僕は「じゃあ、また」と立ち去るよりほかになかった。


雪が解けるスピードが増していき、水浸しになっていた道路が乾いていくようになると、いよいよ空気に土の匂いが混じり始める。

僕は空き時間にちょくちょく植物園を訪れるようになった。理工学部の人間が用もないのにこの辺をうろうろしているのはおかしなことのはずなのに、木綿子は何も聞いてこなかった。

何か用かと聞く代わりに、僕の顔を見るとあいさつをして天気の話を始める。

「今日もいい天気ですね」とか、「夕方に雪がちらつくかもって言ってました。まだ降るんですね」なんていう、あたりさわりのない話だ。

池の氷はすっかり解け、その周りでは植物達が目覚め始めていた。僕が植物好きだと思いこんだのか、木綿子は解説員のようにあれこれ教えてくれた。

「ハクモクレンの花の芽です。毛皮みたいに暖かそうでしょう。これが冬の間花の素を守っているんですよ」

相変わらずきれいな貝殻のような爪の先には、ネコヤナギのような銀色の毛に覆われた花芽があった。春の日差しにそれは、上等な毛皮のコートのように輝いている。中には一体どんなお姫様がいるのかと、期待せずにはいられなくなる佇まいだった。

陽だまりの中でいち早く咲き出した花もあった。その花が咲いた日、木綿子は僕の顔を見るなり腕を引っ張っていって、それを見せてくれた。茂みの間の、雪が避けられて、なおかつ日が当たるという絶好のポジションで花開いていたのは、菊のような形をした黄色の花だった。

「フクジュソウです。春一番に花を咲かせるんですよ」

雪が解けても、まだ周りは一面茶色の景色だった。常緑樹の緑色もくすんでどんよりしていて、本当に春が来るのかと疑いたくなるような眺めだ。その中のたった一輪の花の黄色が、全身で春を叫んでいた。冬の間忘れていた色彩が、ここからあふれ出してくるようだ。

「ここから、春が始まるんだね」

気がつけば、そんなことを口にしていた。木綿子が息を呑むように僕を見て、やがて満面の笑みになった。それは目の前のフクジュソウもかすむほどの笑顔だった。

実際、そこから春が始まっていった。フクジュソウはあちこちでポンポンと花開き、サクラソウやヒナゲシがその後を追うように咲き始める。キクザキイチゲという、人生で恐らく初めて耳にする名の花が咲くと、カメラを持った人達がうれしそうに写真に収めていった。

錦糸卵を振りまいたようなマンサクの花が咲き、頭上高くコブシの白い花が揺れる。どの花の名も、木綿子に教わったものだった。僕はいかに自分が花から縁遠い人生を送ってきたのか、思い知らされた。桜とチューリップくらいしか知らないような人間だったのだ。世の中には多くの花があり、その一つ一つに名前があるのだということを、僕は木綿子に教わった。

不思議なことに名前を覚えると、次にその花を見た時に意識するようになる。道ばたに咲いている花を見つけて足を止めることも増えたし、近所に何の花が咲いているのかと気にかけるようにもなった。顔見知りの知人が一度に増えたような気分だった。

植物園で会うたび木綿子は、今咲いている花を慈《いつく》しみ、もうすぐあの花が咲くのだと期待をこめて語ってくれた。そんなふうにやって来る季節を心待ちにする楽しさを、僕は彼女から教わった。

花や木に目を留めるようになると、昨年とは見える景色がまったく違っていた。この季節枯草しかないと思っていた野原には、その下に小さな緑の芽がいっせいに育ち始めていた。川沿いにある柳の木には緑の宝石のような芽が並び、一日一日と葉が伸びていき、やがて緑の艶《あで》やかな枝となり風になびいた。

花壇に咲くものから野の花まで、木綿子は全ての花を愛し、その期待に応えるように花はどんどん咲き、いつの間にか春たけなわとなっていた。クラスやサークルの集まりでは花見の話でもちきりで、開花情報と照らし合わせながら予定が組まれていた。

「お花見の予定ってある？」

植物園で会った木綿子に尋ねてみると、「花ならいつも見てますけど」と、キヨトンとした顔で答えが返ってきた。

「桜を見ながらみんなで飲み食いするやつだよ」

「ああ、そっか」

彼女は恥ずかしそうに笑った。

「私はサークルにも入ってないし、クラスの子に誘われたら行くとは思いますけど……」

つまりまだ、その予定はないということだ。

「だったら、うちのサークルのお花見に参加してみない？　参加費払えば誰でもオッケーだから」

本音を言えば、二人きりでお花見をしたいところだった。だけどまだ、バスと構内でしか会ったことのない状態で、彼女のほうが尻込みするだろうと思ったのだ。

「桜見ながら、しゃべりたいやつとしゃべってればいい気楽な会だから」

「私、お酒は飲めませんよ」

これだけは、という口調で木綿子は言った。どこかでしつこく勧められた経験でもあるのかもしれない。

「もちろんだよ。未成年者にお酒を無理強いするような奴はいないし、僕も見張ってるから安心して」

「じゃあ、出てみようかな」

断り切れないで承諾したような感じではあったけれど、とにかく木綿子はうなずいてくれた。

僕が入っているサークルは、季節の行事ごとに集まって飲み食いするという、ただそれだけの会だった。行きたい時に行き、気の合う者とだけ付き合っていればいいという気安さが気に入っていた。

我がサークルの花見と言えば、高松《たかまつ》の池でするのがお決まりだった。係を割り当てられた者が食べ物や飲み物を用意し、あとは現地集合となる。広大な敷地に桜の咲く場所はいくらでもあるので、テレビで見るお花見会場のような場所取り合戦がないのがありがたい。

当日、池の近くのバス停で木綿子と待ち合わせると、僕はメールで教えてもらった場所へと向かった。池をぐるりと半周しなければならない。

「けっこう歩くよ。自転車で来るべきだったかな」

「大丈夫ですよ。桜見ながらのんびり行きましょう」

土曜日のお昼過ぎで、あちこちの桜の下で家族連れがのんびりとお弁当を広げていた。出店の屋台も並んでいて、発電機のあの独特な音やソースの焦げる匂いに、お祭りに浮かれた子供のころを思い出す。

「木の手入れ、ちゃんとしてありますね。これだけの本数管理するの、大変だろうな」

桜の枝ぶりを見上げながら、木綿子が言う。やはり僕とは、視点が違う。

「桜って、放っといても咲くんじゃないの？」

「花にはね、二種類あるんですよ。人の手をかけるべきものと、自然に任せるものと。桜は手をかけなきゃだめなものです。ソメイヨシノは人の手で作られた品種だから、なおさらです。病気にならないよう適切に薬を使って、腐ったり枯れたりしないよう枝を剪定《せんてい》して——」

ひとしきり木綿子は、桜に関する講釈を述べた。それで僕は、ソメイヨシノは接《つ》ぎ木で増えていくため、全国に広がるソメイヨシノが同じ遺伝子を持つということを知った。

池の周りを囲む桜並木は、永遠に続くようだった。道から少し入った所には、ボートを広げてお花見を楽しむ人達がいて、花びらで薄紅色に染まった池にはボートが浮かぶ。モーターボートが通ると波が打ち寄せ、それが岸に花びらを押し上げた。

頭の上にはピンク色の雲のような桜が広がり、目に入るもの全てが幸福に満ちていて、隣では木綿子が夢中で桜について語っている。この桜並木が終わらなければいいのにと、願わずにはいられなかった。

芝生が広がる広場のブルーシートの上で馴染みの顔が酒盛りを始めているのを見つけた時、僕は顔を出さずにこのまま木綿子と行ってしまおうかと、本気で考えた。だけど運悪くクラスメイトの志田《しだ》に見つかってしまい、手招きされると逃げるわけにはいかなくなる。

「温人、こっちこっち。うわー、その子誰?」

「二年の花守木綿子さん。酒は飲ませないように」

「え、君、温人の彼女?」

「いえ、そういうわけじゃないです」

木綿子の答えは当然のものだったが、はっきりそう言われるとやはり傷つく。

しつこく質問を続ける志田をかわしながら靴をぬぐと、僕と木綿子はブルーシートの端に座った。

紙コップに入ったジュースを飲み、できあいの焼き鳥や冷めたピザをつまむ。周囲にシートを敷いて盛り上がっているのも、うちの大学の学生のようだった。サークルのメンバー達は酎ハイやビールで軽く酔いながら、突然歌い出したり踊り出したりと、花など関係なしに騒いでいた。さっきまであんなに美しく幸福に満ちていた景色が、突然くすんでしまった気がした。隣に座る木綿子も心なしか青ざめて、紙コップを手にしたまま周りの喧騒を眺めているだけだ。

志田は木綿子の隣を陣取って、しつこく話しかけていた。農学部だということを聞き出すと、用意していたようにソメイヨシノの話を始める。さっき木綿子が語ってくれた、全国のソメイヨシノが同じ遺伝子を持つというやつだ。それを木綿子は知っていることをおくびにも出さず、黙って聞いている。

志田は何故接ぎ木で増やすしかないのかという部分にまで切りこんでいった。ゲノムとかヘテロとかいう単語で惑わせているが、要は自然交配で子孫が残せないということだ。実から発芽することはあっても、それは純粋なソメイヨシノにはならないらしい。

「だから俺はソメイヨシノを見てると、何だか憐れみを感じてしまうよ。これだけの花が全て無駄に散っていくなんて」

「無駄、ですか？」

「無駄だろう。自分の子孫を残せるわけでもないなら、花を咲かせることに意味があるかい？」

その瞬間、木綿子の顔がくしゃりと歪んだ。まるで、踏みにじられた花びらを見るようだった。

「どうしたの？　何かあった？」

僕の声に木綿子は無理に笑顔を作って、首を振ってみせる。

「いいえ、何でもないです。ちょっと、お花摘みに行ってきますね」

さっと立ち上がると、引き留める間もなく木綿子は行ってしまった。

「お花摘みってなんだ？」

「トイレ行くって意味だよ。チャットで女子が使うの見たことある」

「へえ」

「チャットって言えばこの間さ……」

志田がまたべらべらと、くだらない話を始める。耳から入っては反対へ抜けていくような話をしばらく聞いていても、木綿子は帰ってこなかった。迷っているのじゃないかと、心配になってくる。

「ちょっと、彼女の様子見てくる」

志田の話をさえぎって立ち上がると、靴をはいた。広げられたシートの隙間を歩いて、トイレの方向へと向かう。トイレの前には長い列ができていた。その中に木綿子の姿はなく、しばらく待っていても出てくる気配もない。

場所がわからなくなったのかなと、バラ園の案内がある方へと足を向けてみる。少し歩くと野原のような場所に出た。花見の喧騒が別世界のことのように、静かな場所だった。ポツポツとツツジらしき茂みがあり、その陰に木綿子がはいていた水色のスカートが見えた。

また体調でも崩したのかと声をかけようとして、それを飲みこんだ。木綿子の小さな背中は小刻みに震え、しゃくりあげるような声も聞こえる。彼女は、泣いていた。

そっと背中に手を置くと、弾かれたように振り向く。目も鼻も赤く染まり、頬には涙が流れた跡ができている。

「どうしたの？」

そう訊ねるよりほかになかった。本気で僕にはわからなかった。さっきの志田の話が彼女を傷つけたのは確かだろうけど、志田はソメイヨシノの話をしていただけだ。

木綿子は握りしめたハンカチで涙を拭うと、しゃくりあげながら「ぞめいよじの」と口にした。

「うん？」

「ぞめいよじののはなは、むだでずか」

鼻声だが、どうにか聞き取ることができた。ソメイヨシノの花は、無駄ですか。

「じぞんをのごぜないはなは、ざぐだけ、むだなんでずか」

子孫を残せない花は、咲くだけ無駄なんですか。

叫ぶようなその声は、何故だかズキリと胸に刺さった。

「わかったから、ちょっと落ち着こう」

背中をさすりながら、子供をあやすように言い聞かせた。僕は何もわかっていないと思いながら、彼女と一緒に芝の上に座る。

時々しゃくりあげながらも、彼女の呼吸は次第に落ち着いていった。やがてぽつぽつと話し出したその声は、いつも通りの穏やかな彼女のものだった。

「生き物にとって子孫を残すことは、それは大事なことです。でも、あの木は、あの花は、今生きているんです。それは無駄な生なんですか」

「無駄なんて、そんなことはないよ」

何かに駆られるように懸命に話す彼女に、僕も真摯《しんし》に答えなければと思った。

「僕は君に花の名を教わってから、たくさんの知り合いを持ったような気がする。人と出会うように、花とも出会ったんだ。出会いは心を動かしてくれる。心に何かを残してくれる。そんな存在が、無駄なはずがないよ」

たかが花のことでと、人が聞いたら笑うかもしれない。でも彼女にとっては、花とはそれだけ重い存在なのだ。

僕がポケットティッシュを差し出すと、彼女は恥ずかしそうに涙と鼻水を拭いた。そして小さな声で「ごめんなさい」と言う。

「おかしな人間だと思ってるでしょう？　たかが花のことでって」

「たかがとは思わない。君がどれだけ花を愛しているか、見てきたから」

「私、今までいっぱい言われてきました。たかが花じゃない。どうせすぐ枯れるんだからって。先輩みたいに言ってくれる人、家族以外で初めて会ったかもしれません」

泣き腫らして、頬や鼻を赤く染めたままで、木綿子は笑顔になった。くしゃくしゃな笑顔は、何だか昨日植物園で見たヒナギクの花を思わせた。

たかが、花じゃない。どうせすぐ枯れるんだから。

その言葉達がどれだけ木綿子を傷つけてきたのだろう。これから、傷つけていくのだろう。

木綿子の、ヒナギクのような笑顔を守りたいと思った。うぬぼれかもしれないけど、それは僕にしかできないことだと思った。

「あいつらの所に戻るのは、やめにしようか」

「どうするんですか？」

「二人だけで、お花見にしよう」

木綿子は明らかにほっとしたような顔になった。やはりああいう場所は苦手らしい。無理に誘ってしまったことが、今さらながら申しわけなくなった。

それから二人で屋台を回って、イチゴあめやらお団子やらクレープやらを買い漁ると、なるべく静かな場所を求めて池から離れた場所に陣取った。

林を背にして、一本の桜の大木がそびえていた。桜は見事だったが、少し傾斜になった場所で、飲み食いするには不便な所だ。そのおかげで酔客は周りにいない。家族連れや老夫婦など、ひっそりと桜を楽しむ人だけが集まっていた。風もない穏やかな昼下がりで、桜の下には幸福な時間が流れていた。お花見の喧騒は遠く、花びらはまるで時間を結晶にしたように、僕らの上に降り注いでいった。

イチゴあめをなめながら桜を眺める木綿子は、幼子のような屈託のなさだった。草の上に寝転がると、星空のように花が空に広がっている。乾いた草の感触と、冷たい絹のような花びらの肌触り。

ふと、頭の上にコロコロとピンク色のゴムボールが転がってきた。小さなピンク色のクツがそれを追いかけて懸命に駆けてくる。頭を起こして見ると、ボールの持ち主は三歳ほどの女の子だった。木綿子がボールを受け止めて、女の子に手渡す。

「あんがと」

ゼンマイ仕掛けのおもちゃのようにピョコンと頭を下げて、女の子は見守る両親の元に戻っていく。微笑ましい光景に頬を緩めて木綿子の顔を見て、はっとした。

木綿子はどうしてだか、泣きそうな顔で女の子を見つめていた。

「ひょっとして、子供が苦手？」

「え、いいえ、そんなことないですよ」

慌てたように木綿子は、笑顔を取り繕う。そして何事もなかったかのように、また花びらは降り続け、周りでは穏やかな笑い声が響き、幸福な時間が流れていく。

「この時間が、ずっと続けばいいのにな」

僕のつぶやきは、花びらが落ちるのにまぎれて、地面に降っていった。届かなかっただろうかと思いかけたところに、木綿子の答えが返ってきた。

「私も、そう思っていたところです」

僕の頭の中では、花びら達が竜巻に巻き上げられてグルグルと舞い踊っているようだった。勢いのままに告白の言葉が飛び出そうになるが、まあ待てと自分を落ち着かせる。

「また、花見に行こうよ。これからは、何の花が咲くのかな」

「あ、それなら私、ナノハナ見たいと思ってたんです。知ってます？　農業研究センターのナノハナ。今度の土日に公開されるんですよ」

「ああ、農研ね。そこの敷地の端っこのほう、バス停までの近道に使ってる。ナノハナなんて植えてるんだ」

「あの辺りに住んでるんですね。私も話に聞いただけで、まだ見たことはないんですけど、すごいらしいですよ」

「それは、ぜひ、見に行こう」

約束を取りつけられたことで、僕の胸はさっきまで以上に、温かくなった。次の週末が楽しみで仕方なくなったが、今現在の自分が木綿子の隣にいることを思い出して、この時間もしっかり味わわねばと我に返る。

降る花びらを浴びながら、ポツポツといろんな話をした。大学でそれぞれ取っている授業のこと。教授のこと。友達のこと。食べ物の好き嫌い。

花びらが積もるように、僕の中に木綿子の言葉と情報が積もっていき、僕は昨日までよりずっと木綿子のことが好きになっていた。

第二章　ナノハナ

誰かを好きになると、突然世界は輝き出す。

今までも、何度かこういうことはあった。小学生の時同級生の女の子に恋をした時は、一緒に当番をできるのがうれしくて、早起きも苦にならなかった。中学の時部活の先輩に恋した時は、彼女の好きなアニメを徹夜して全話見て、話を合わせたりした。

彼女達に気に入られようと必死になっていたその姿は今思い出せば滑稽だけれど、夢中で頑張っていた自分は、やっぱり輝きのただ中にいた。

世界がまばゆいのは、春の日差しのせいだけではなかった。木綿子と二人花見の席を抜け出したことを茶化してくる志田の声も、鳥のさえずり程度にしか感じられなかった。

自分でも浮足立っているとわかる足取りで毎日植物園へと通い、毎日新しい花や蕾《つぼみ》を見つけては微笑む木綿子を見て、幸福さに浸った。一週間などあっという間に過ぎていって、約束の週末がやってきた。

土曜日の午後、待ち合わせたバス停に木綿子は降り立った。迎える僕は自転車を引いてきている。友人に聞いたところ、農研センターの敷地は想像以上に広いらしく、歩いての移動はきついとのことだった。

年に二日しかないナノハナ畑の公開日とあって、入り口から車が列をなしていた。あちこちに職員やら警備員やらがいて、案内をしてくれる。少し入ったところで僕は自転車にまたがると、木綿子に後ろに乗るようにうながした。

「えー、重いですよ、私」

「じゃあ、君が運転する？」

「え、え」

「ほら、乗って乗って」

僕の勢いに押されるように、木綿子はスカートをつまみながら荷台に横座りした。

「ちゃんとつかまっててよ」

声をかけると、遠慮がちに僕の腰に手を回してくる。その指先の柔らかな感触に、おへその辺りがむずがゆくなってくる。

自転車の二人乗りなどあまり経験したことがなかったから、漕ぎ始めは少しふらついた。木綿子が慌てたように「やっぱり、重いですか？」と声を上げる。

「重さじゃなくて、技術の問題。大丈夫。すぐ、慣れる、はず」

実際すぐにバランスの取り方は呑みこめた。少しスピードに乗って安定してきた辺りで、道は本格的に農場らしい場所に差しかかっていた。

「北海道みたいな景色だね。国道からちょっと入っただけで、こんな広い畑があるなんて、想像つかなかった」

「うちの学部ではフィールドワークがあるから、もうちょっと北に行った方に農場持ってるんですけど、こんな感じですよ」

「君も農作業するの？」

「しますよ。農学部ですから。そもそも、私実家が花卉《かき》農家なんです」

「柿？　柿育ててるの？　この辺じゃ珍しいんじゃない」

僕がそう言うと、木綿子のケラケラという笑い声が響いた。背中に直接響いてくる。

「果物の柿じゃなくて、お花ですよ。リンドウとか小菊とか、仏花物を主にやってます」

「花卉っていうのか。初めて聞いた」

広い牧草地の向こうに、牛やら羊やらがいるのが見える。自分が住んでいる場所のすぐ横に、こんな雄大な景色が広がっているなんて想像もしていなかった。

やがて、道の両脇に駐車スペースが見えてきて、視界の端が鮮やかな黄色に染まりだす。

「見えてきましたね」

「予想以上に黄色だな」

駐輪場所に自転車を停め、そこからはのんびりと歩きながら目的地へ向かう。周りを見れば小さな子供を連れた家族が多かった。それにカップルも。

案内所の横を抜けると、目の前に一面のナノハナ畑が広がっていた。呆れるほどに真っ黄色だった。黄色の花と下に広がる緑の茎や芝。黄色に緑に空の水色。世界がその三色だけで構成されているようだ。

「すごいですね。こんなに広いとは思いませんでした」

木綿子はうれしそうに言って、小さな子供のように駆けだした。菜の花に囲まれた小道に入り、腕を広げてくるりと回る。アニメの女の子のような仕草だ。

ナノハナ畑の向こうには岩手山がそびえ、打ち寄せる波のように黄色い花畑が広がる。浮世絵にこんな景色があったかなという、錯覚にとらわれる。

「やだー、幸せな人しかいない」

背後でけたたましい声が上がる。振り返ると高校生くらいの女の子二人組だった。一緒にいる相手が彼氏ではないことを、嘆いているのだろうか。それでもじゅうぶん幸せそうに見える。

本当にこの景色の中では、誰も彼もが幸せそうだった。家族連れも老夫婦も車いすに乗った人も、もちろん恋人同士も。

黄色というのは不思議な色だ。ただそこにあるだけで、人を幸せな気持ちにしてしまう。

僕と木綿子は連れ立って、花畑の間の道をゆっくりと進んでいった。どこまでいっても、黄色が続いていた。これだけ黄色いと、目がちかちかしてくる。

「何でこんなに黄色いんだろう」

知りたがりの幼稚園児のように、素直な疑問が口をついて出ていた。別に、答えを求めているわけではなかった。だけど予想外に、木綿子から答えが返ってきた。

「虫を集めるためですよ」

「虫？」

「春に一番に動き始めるのはアブの仲間です。それからハチ達。アブやハチの好むのが黄色なんですよ。春に黄色い花が多いのは、そういうわけです」

「そうなの？」

いつか、何かの授業で聞いた虫媒花《ちゅうばいか》という言葉が頭の隅に残っていた。

「花は虫を集めて、蜜を与える代わりに花粉を運ばせるんだったっけ？」

よくできましたと教師のような顔で、木綿子がうなずく。

「たくさん虫を集めて、できるだけ遠くの花に花粉を運んでもらって受粉させたいんです。花達はそのためにあの手この手で、虫を集めているんですよ。例えば初夏は白い花が多くなるんですけど、それは緑の中で目立つためと、その時期に活動するコガネムシにアピールするためですね。真夏に派手な色の花が多くなるのは蝶を呼ぶためです。香りや形で誘うものもあるし、特定の虫だけを呼ぶ花もいます」

物言わぬ静かな花達が、突然僕の中でイメージを変えた。まるで求愛活動をする、昆虫のオスではないか。それを言うと、木綿子はそうでしょうと言うように、うんうんとうなずく。

「花は静かでつつましいなんて思ってる人も多いと思いますけどね、実は彼らはとっても戦略家なんですよ。長い時間をかけて、虫を呼び集めるための姿になったんですから。そうしてみんな、種を残していくんです」

そう言うと木綿子は、ソメイヨシノの話をした時のような、何ともやるせない表情になった。だけどすぐにいつもの穏やかな表情に戻り、また小道を歩き出す。

岩手山とナノハナの間を、電車がのどかに通過していった。その瞬間を逃すまいと、カメラを構えた人達がいっせいにシャッターを切っている。

のどかに光は降り注ぎ、堆肥の匂いと花と土の香りに包まれて、木綿子と並んでゆっくりと歩く。

木綿子は入り口でもらったチラシに書かれていた、ナノハナ畑の目的について語っていた。一つ目に書かれた連作障害とは、同じ畑で同じ作物を作り続けると、病害虫が発生したり土の栄養分がなくなってしまうことで、それを防ぐためにナノハナを植えるのだそうだ。木綿子の実家の畑でも数年ごとに場所を変えて、対策しているのだという。

チラシの二つ目に書かれた緑肥《りょくひ》というのは、植物をそのまま土にすきこんで肥料にする方法だそうで、何とこの一面に咲くナノハナ達は、開花時期を過ぎたら刈り倒されて土にすきこまれて肥料になるのだそうだ。もったいないというか、贅沢というか。

「ナノハナをすきこんだ土って、なんかおいしそうかも」

「たぶん、おいしいですよ」

真面目な顔で、木綿子は返した。

「あ、植物にとっては、です」

「そ、そうだよな。うん」

そんな話をしていたら、もうお昼に差しかかっていることに気がついた。芝生の広がるスペースには、ちらほらとお弁当を広げる家族連れも見える。

「お昼どうしようか？　この近くだと、ラーメン屋さんくらいしか知らないけど」

「言い忘れてました。私お弁当持ってきたんです。食べます？」

「それ、僕も食べていいの？」

「もちろんです。ただし、おかずの半分は昨夜の残り物ですよ」

女の子に作ってもらったお弁当を食べるなんて、初めての経験だった。木綿子は小さなビニールシートまで持参していたので、芝生の広がる場所まで戻ると、花見をする人達の邪魔にならないような隅にそれを広げた。木綿子がその真ん中でお弁当の蓋をあける。

派手に歓声をあげてやりたかったけれど、そのお弁当はどうにも地味な見た目だった。のりを巻いたおにぎりに、茶色いおかずが幾つか。色取りと言えば卵焼きの黄色くらいだ。それも鮮やかな黄色とは言い難い。子供のころ祖母の家で出された卵焼きを、思わず思い出してしまった。

だけど一口箸をつけたら、見た目などどうでもよくなってしまった。レンコンのキンピラはトウガラシの効いた甘じょっぱさがたまらなく、鳥の照り焼きのたれも絶妙だ。卵焼きは僕好みの味つけで、これもうれしくなる。

「卵焼きの味つけ、僕の好みにドンピシャなんだけど」

「そうなんですか。母ゆずりのレシピなんですよ。母が父の好みに合わせて辿り着いた味らしいです」

「売ってるお弁当の卵焼きって、甘いだけで苦手なんだ。甘さもありながら、これくらい醤油がきいてるのがいい」

「でもお醤油入れると、ちょっと茶色くなっちゃって。高校生のころ友達によく笑われましたよ。私のお弁当はおばさんくさいって。お弁当だけじゃなく、私よく周りからおばさんくさいって言われるんですよね」

レンコンのキンピラを噛みしめながら、しみじみとおふくろの味って感じだなと思っていたところだったので、思わずうなずきそうになってしまった。

「そんなことないと思うけど」

「先輩、今うなずきかけましたよね」

「いや、おかずのこの味、若い子に出せるものじゃないからさ。あ、これ、自分で作ったんだよね」

「そうですよ。アパートで一人暮らししてるので。小さいころから料理してたから、一人でも作るのが癖になってるんですよね。でも一人暮らしだと野菜が結構余っちゃうのが悩みで」

そうか。小さいころから料理しているから、この味が出せるのかと納得してしまった。やはり農家だと、お母さんが忙しくてご飯を作れないこともあるのだろうか。

木綿子はポットにお茶まで用意してくれていて、日差しは温かいけれど風は少し冷たいくらいだったので、ありがたかった。

地面に座って見ていると、黄色いナノハナはナウシカがオームの触手に包まれるあのシーンを思わせた。

反対側の柵に囲まれた牧草地では、茶色い牛がのんびりと草を食《は》んでいる。ナノハナから金色の粉が生まれて、それがここにいる全ての人を包んでいるような気がした。

お弁当を食べて少しのんびりして、もう一度ナノハナの間を歩く。木綿子は農研センターの職員らしき人を見つけて話しかけると、何やら専門的な話を始めてしまった。話が途切れたところでその人に「よかったら、写真お撮りしますよ」と声をかけられる。

カメラは持っていなかったけど、スマホならある。せっかく声をかけてもらったのでと、僕のスマホで撮影してもらうことにした。

「もうちょっと近寄ってください。はい、笑って笑って」

岩手山を背景にして、言われるままに木綿子と肩を並べて微笑んでみる。この人に僕達は恋人同士に見えているんだろうか。ほんの数センチの距離にいる木綿子の気配に息を詰めていると、シャッター音がして「撮れましたよ」とスマホを返される。

職員にお礼を言って別れると、また小道を歩いていく。喧騒が遠ざかり、ミツバチの羽音が聞こえるほど静かになる。

今言うしかないと、心に決めた。

告白するしかない。木綿子と、もっとたくさんのこんな時間を一緒に過ごしたい。

そっと手を伸ばすと、木綿子の右手をつかまえた。すべすべとした肌は、コブシの白い花びらと同じ感触だった。少しひんやりしているところまで、同じだ。

小首を傾げて、木綿子が僕を見る。額装された絵画のような景色が、その後ろに広がっている。

「木綿子のことが、好きだ」

木綿子は驚いたように目をしばたたかせ、それから困ったような顔になった。

「ありがとうございます。それは、一人の人間として好感がもてるということですよね」

告白をはぐらかそうとするような、そんな意図が感じられた。だから僕は、はっきりと言った。

「一人の女性として、恋愛感情を抱いている。君に」

木綿子はさらに、困った顔になった。

「私、恋人は作らないと決めているんです」

その返事に、僕まで困ってしまった。ごめんなさいとか、僕が嫌いとか、そういう返事ならあきらめもつくのに。

「恋人は作らないと決めているって、それはどうして？　勉強のため？」

「理由は言えません。ごめんなさい」

言いたくないことを無理強いするほどには、僕は強引な男ではなかった。だけどこれで引き下がるほど、意志薄弱な男でもない。

「僕のことが嫌い？」

「いえ、そんなわけでは決して」

「僕はただ、これからも木綿子とこんな風に、いろんな花や風景を楽しみたいだけなんだ」

「それは、私も……そう思ってましたけど」

「そうなの⁉」

わずかに生まれた望みに、僕は飛びついた。

「別に恋人じゃなくてもいい。ただの友人として、これからもこんな風に会ってもらえないかな？」

「でも……それは、とてもずるいことです」

「ずるいって、僕が？」

「いえ、私が、です」

ずるい？　どういう意味だろう。考えても僕には、彼女の真意など読み取れなかった。

「ずるくてもいい。僕は木綿子と一緒にいたいんだ。もっとたくさんの花のことを教えてほしい。僕のこともたくさん知ってほしい」

「私は、恋人を、必要としません」

彼女はもう一度、はっきりと宣言した。

「それでもいいのなら、友人としてお付き合いしてください」

やっとかすかに笑みを浮かべた木綿子がペコリと頭を下げる。

返事がオッケーなら、木綿子を抱きしめて「やったー！」と叫ぼうと思っていた。だけどこの答えでは、歓喜の雄たけびは上げられない。

それでもじんわりと、喜びはやってきた。これからも木綿子と一緒にいられる。こんな時間を過ごすことができる。拒絶はされなかったのだから、一歩を踏み出すことはできたんじゃないだろうか。

「じゃあ友人として、これからもよろしくお願いします」

心の中で小さくガッツポーズをして、僕も頭を下げた。ナノハナ畑の黄色のただなかで、僕らは笑い合った。

岩手山をバックに木綿子とツーショットで撮った写真を、さっそくプリントアウトすると、写真立てに入れて部屋に飾った。本当はスマホの待ち受けにしたいところだが、志田辺りに見つかって彼女だと言いふらされるのが目に見えていたので、やめた。

告白した後も、僕と木綿子の関係に変化はなかった。僕はせっせと植物園に足を運び、木綿子に花の名前を教わり続けた。

足元にある紫色のぶつぶつしたものは、雑草ではなくムスカリという花であること。この季節になると葉っぱの色が変わる不思議な木だと思っていたものは、ヤマボウシという名で、白い物は葉ではなく花を守る苞《ほう》だということ。

そんな日々を積み重ねていたある日、木綿子が僕の家に遊びに来ることになった。言い出したのは意外なことに、木綿子のほうからだった。

「実家からタラの芽が送られてきたんですけど、先輩好きですか？」

「タラの芽か。天ぷらで食べるの好きだな」

木綿子は少し考えるようにしてから、言った。

「明日のお休み、予定がなかったらお家におじゃましてもいいですか？　天ぷら作りに行きます」

「えっ、う、うちに？」

「天ぷらは、揚げたてがおいしいので。あの、迷惑でしたら……」

「いや、迷惑なんて、そんなわけない。大歓迎だよ」

僕が借家で一人暮らししていることは言ってある。それで遊びにきてくれるということは、信用されていると思っていいのだろうか。

飲み会の誘いを断り、まっすぐ家に帰ると、あわてて掃除を始めた。普段訪ねて来る人もいない家なので、いつ掃除機をかけたのかも覚えていないほどだった。

見られたら困る物を寝室に押しこみ、とにかく居間だけは完璧にしようと試みる。だけど流しやガス台も見られるんだと気がついてそこにも手をつけ始めると、大掃除さながらになった。

木綿子の住んでいるアパートからうちまでは、バス停五つ分の距離だ。約束の時間にバス停まで迎えに出ると、ソワソワしながらバスが来るのを待った。

赤とクリーム色のバスから降り立った木綿子は、両手にビニール袋を抱えていた。

「荷物持つよ」

ビニール袋を引き受けると、結構重い。中身を見ると、サラダ油のボトルにてんぷら粉が入っている。

「これ、わざわざ買ってきてくれたの？」

「男の人の一人暮らしだと、あるかどうか不安だったので」

言われて初めて、この手の物が僕の部屋にはないということに思い至った。油はあるにはあるけど、小さなボトルで天ぷらをやるには足りないだろう。というか、天ぷらをやるのに油がどれだけ必要なのかも、僕にはわからない。

いつも使っている草原の道に差しかかると、木綿子は気持ちよさそうに目を細めた。

「いいですね、ここ」

「うん。僕も気に入ってる」

草の香りを大きく胸に吸いこんで、木綿子は「生き返る」と言った。干からびかけた砂漠の植物が、久しぶりの雨を浴びたようだった。

初夏の草原は、風が吹くと不思議な色に光る。まるで銅板のような鈍い輝きが、時々ギラッと草原を横切っていくのだ。それを見るたび僕は魅了されるのと同時に、胸の底がざわつくのを感じる。爽やかな草原が、その下に刃物を隠しているようで。

草原を渡りながら木綿子は、辺りの林を見回した。

「フジの花がきれいですね」

フジはあちこちの木からぶら下がって、紫色の花をつけていた。ついこの間まで緑一色だった林に、突然紫色が現れたから、僕も驚いていたところだった。

「フジって、花が咲くまで存在が全然わからないよね」

「細いつるですからね。目立たないですよ」

草原を抜けて雑木林に入ると、「ドングリの木がある」と木綿子がうれしそうに叫ぶ。見ただけでドングリがなるってわかるのかと、僕は感心した。

借家の前の坂に辿り着くと、そこから周りの山が見渡せる。改めて見るとあちこちにフジの紫色があるのがわかった。まるで神様が紫色のリボンを空からばらまいたようだ。

家へ入ろうとしたところで、隣のおばあちゃんに声をかけられた。庭の手入れをしているところらしい。

「あら、お友達？　こんにちは」

「大学の後輩なんです」

「こんにちは。きれいなモッコウバラですね」

木綿子の指さす先では、柵に這わせたバラがクリーム色の花を咲かせていた。

「まあまあ、お若いのに、よく知ってるのね。ちょっと中の花も見ていく？」

「いいんですか？　おじゃまします」

ためらうことなくうなずいて、木綿子は誘われるまま庭へと踏みこんでいく。

仕方なく僕も後に続いた。

灯油をわけてもらいに来たことはあっても、この季節にここの庭に入るのは、考えてみれば初めてのことだった。中に足を踏み入れると、ため息が出るほどの美しさだった。

　地面を覆うように伸びている植物は、緑色の葉が白銀色に光っているような不思議な色合いだ。その間に白い小さな花が咲き乱れている。庭のあちこちに丈の高い花が植えられて、その柔らかな緑色と花びらの優しい色合いが水彩画で描かれた風景のようだ。

　木綿子ははしゃぎながら、花の名前を一つ一つ僕に教えてくれた。ヒナゲシ、スイートピー、キンギョソウ。一面に植えられているのは、グラウンドカバーという役目を持つ植物だそうだ。名前はナツユキソウ。

「グラウンドカバーがあると、雑草が生えにくくなるので、草むしりが楽になるんですよ。後は水分を保ってくれるし、土ぼこりも立ちにくくなります」

「本当にくわしいのね」

「彼女、農学部なんですよ」

　僕がそう紹介すると、おばあちゃんは目を輝かせてガーデニングの話を始めてしまった。花好きの木綿子にとっても得意分野の話なものだから、二人のおしゃべりはなかなか尽きることがない。そして僕の存在は、どうやら忘れ去られたようだった。

木綿子がここへ来た目的を思い出したのは、つけっぱなしにされていたラジオからお昼の時報がなった時だった。

「そうだ。天ぷら作るんだった。おばあちゃん、おじゃましました」

「また、いらっしゃいね。お話しできて楽しかったわ」

「こちらこそ」

頭を下げた木綿子がようやく僕のほうを向いてくれる。

「すみません。話しこんじゃって」

「じゃあ、行こうか」

木綿子を連れて家に入るのは、やっぱり緊張した。普段はかないスリッパを出してみたり、案内するほどの広さもない家を無理やり案内してみたり、空回りしているのと自分でもわかるほどだ。

木綿子はキッチンに立つと、エプロンを取り出してキリリとひもをしめた。

「では、台所をお借りします」

厳《おごそ》かに言って、サクサクと材料を切りにかかる。コンロの下から手ごろな大きさのフライパンを取り出すと、油を注いだ。ボウルで衣を作ると、温まった油に次々と材料を入れていく。その背中には、彼女が手料理を作ってくれているという甘い感じは一切なく、職人が天ぷらを揚げているという雰囲気しか漂ってこない。

香ばしい匂いが立ちこめて、木綿子が天ぷらを盛りつけたお皿を居間のテーブルに置いた。炊いておいたご飯をよそって、やっとお昼ご飯になる。

タラの芽の天ぷらを食べるのは久しぶりだ。実家にいたころは、山菜取りが好きな親戚からよくもらったものだった。揚げたてのものに塩をつけて食べるのが、僕の好みだ。茎の部分のホクホクがやはりたまらない。

「先輩、塩派ですか」

「君は醬油なんだね」

「ちなみに茎と葉と、どっちが好きですか?」

「断然茎だね」

「私は葉っぱのほうのサクサクが好きですけど」

他愛ないことを話しながら、木綿子と一緒にご飯を食べている。その時間が何物にも代えがたいと思えた。

天ぷらはタラの芽だけじゃなく、ちくわにカニカマ、ジャガイモもあった。

「ジャガイモ?」

はしでつまんで思わず確認してしまう。

「ジャガイモの天ぷら、やりませんか？　我が家のスタンダードですけど」

「我が家じゃ食べたことない」

イモなら塩だよな、と、塩をつけて食べてみる。カリッとしてホクッとして、普通においしい。

「先輩は天ぷらのネタ、何が一番好きですか？」

「一番？　うーん悩むな……ゲソ」

「イカの身のほうじゃないんですね」

木綿子はケラケラと笑ってから、「私はナスかな」と言う。

「そもそもうち、天ぷらに海鮮をやることなかったんで。ほぼ野菜ですよ」

「そういえば、実家どこだったっけ？」

木綿子が挙げたのは、岩手山の麓《ふもと》にある地域の名前だった。

「スーパーが近くにないから、食料は基本買いだめしとくんです」

開け放していた窓から風が吹きこんでくる。小さな庭の向こうは、お隣のおばあちゃんの敷地だ。風が花の香りを運んでくる。

「先輩、いい場所に住んでるんですね。うらやましい」

「そう？　自転車で通うには微妙に遠くて不便な場所だと思うけど」

「でも、自然がいっぱいあります。うちのアパートの周り建物ばっかりで、緑が少しもないから体調悪くなっちゃって」

バスの中で崩れ落ちた木綿子の姿を思い出す。

「体調不良と緑に何の関係があるの？」

「私、植物がある場所にいないと、体調悪くなるみたいで。こっちに出てきて初めて自分でもわかったんですよ。部屋よりも大学にいたほうが、自然に触れあえるから調子いいくらいで」

どんな体質なんだ、それ？　と頭の中にはたくさんの疑問符が並んだが、対処法がわかっているならそれを実行するだけだ。

「うちでよかったら、体調整えにいつでもおいでよ。ここでボーっとするだけでも、違うんじゃない？」

「いえ、それは申し訳ないです」

「そうだ。ここせまいけど庭もあるんだよ。僕は洗濯もの干すのに使うだけだから、何か育ててみない？」

その提案は、木綿子の心を動かしたようだった。「いいんですか？」と何度も僕に念押しした後で、小さな鉢花を育てることに決めた。

翌週の土曜日、早速二人で花を買いに出かけた。近くのホームセンターで園芸用の土と、鉢にポット植えされた花の苗を買いこむ。花のことは何もわからないので木綿子に任せると、散々迷ったあげくに三つの花を選んだ。

野原でよく見るオオイヌノフグリに似たネモフィラ。さすがに僕でも名前を知っている、レモン色のパンジー。それに何度聞いても呪文にしか聞こえない名前の、マーガレットに似た花。

自転車に荷物を積みこんで押しながら借家に帰ると、隣のおばあちゃんが目ざとく声をかけてくる。

「あら、お花育てることにしたの？」

「先輩が庭を貸してくれるそうなんです」

おばあちゃんは例の呪文のような花の名前を正確に発音した。僕にしてみれば、二人とも魔女なんじゃないかと思いたくなるほどだ。

「鉢底に入れる石はあるの？」

「土は買ってきたんですけど、石は砂利でいいかなって……」

「じゃあ、うちで余ってるの使って。肥料もいるでしょ？」

「いいんですか？　ありがとうございます」

　また二人だけで話が進んでしまっている。こうなったら僕はもう傍観者になるしかないので、居間の窓辺に腰かけて二人が楽しそうに鉢植えをする姿を眺めていた。

　小一時間ほどで作業は終了し、窓の下のコンクリートのテラスに三つの鉢花が並んだ。パンジーとネモフィラは二つに分けて寄せ植えされている。物置に置きっぱなしにされていたじょうろで水をやると、花びらの上を雫が転がっていき、土と水の匂いが立ち上る。

　花を置いただけで、庭が庭としての役目を思い出したようだった。突然庭が息吹を取り戻し、鼓動を始めたのが目に見えるようだった。

「先輩にお願いなんですけど、一日一回水やりしてもらえますか。なるべく朝の時間に」

「オッケー。枯らさないように頑張るよ」

　花を枯らさないように僕は頑張った。朝は忘れず水やりし、そのうち花に声までかけるようになった。木綿子は週に一度は花の様子を見に来て、ついでというように僕にお昼ご飯をふるまってくれた。木綿子と隣のおばあちゃんはどんどん仲良くなり、今では実の祖母と孫にしか見えないほどだった。

木綿子と楽しげに話をするおばあちゃんの元気そうな様子に、僕はほっとしていた。

実はおばあちゃんは、一年前にご主人を亡くしているのだ。肺炎で入院し、それからあっという間だったという。

灯油を分けてもらった恩があるので、僕も雪かきを手伝ったりして気にかけるようにしていた。

季節は少しずつ進み、川沿いを歩けば柳の滴るような緑が目に入る季節になった。辺りをふわふわと白い綿が飛んでいるので、「タンポポ?」と独り言のように問えば、木綿子が「柳の綿ですよ」と教えてくれた。いつもの大学の植物園だった。

「柳も綿を飛ばすの?」

「先輩、盛岡何年目ですか？　毎年飛んでたはずですよ」

そんな会話をした数日後のことだった。

夕方植物園をぶらぶらと散歩していると、木綿子に腕をつかまれた。

「先輩、すごい場所見つけたんです。つき合ってくれませんか」

いつにない勢いに押されるまま、木綿子について学校の敷地を出て、てくてくと歩いていく。だいぶ歩いた先にあったのは、川沿いに建つスーパーだった。

「ここが、すごい場所？」

「裏です、裏」

建物の裏に回ってみると、木綿子の言うすごいの意味がわかった。

フェンスの向こうには一面、丈の短い河柳が生えていた。それがいっせいに綿を飛ばしていて、辺り一帯に白い綿が飛び交っている。

そして建物の裏にはエアコンの室外機が何台も並び、ファンが回り続けていた。そのかき回された空気に綿が丸まり、あちこちに白い固まりが転がってフワフワと揺れていたのだ。

「何かの生き物みたいだな」

「ね、かわいいでしょ」

「名前、つけてみようか」

僕と木綿子はいっせーので、それを口にした。

「まっしろしろすけ」

ぴったりと声が重なり、同じことを考えていたとうれしさがこみあげてくる。

木綿子と笑い合うと、そっと綿の固まりに手を伸ばした。

手が起こすかすかな風に逃げていくそれは、無理に捕まえようとすると、たちまち綿のかけらとなって指先から逃げていった。

初夏は風の季節だ。しだれ柳を見ていると、風のありかがよくわかる。銀色の葉裏が光る様は、空を駆ける竜の姿を思わせた。

大学の構内にも、やたらと葉裏の光る木がある。木綿子が「ギンドロですよ」と教えてくれた。正式名称はハコヤナギ。これも柳の仲間らしい。葉の裏がアルミホイルでも貼りつけたように白銀色で、風が吹くたびにキラキラと光る。

「私、盛岡に来て、初夏と柳の木が大好きになりました」

しみじみと言う木綿子の隣を歩きながら、これからこの季節になるたびに、今の木綿子の言葉を思い出すだろうなと思った。

緑が目立つ季節になると、ナノハナ畑で木綿子が教えてくれたとおりに、白い花が目につくようになった。家の庭のすみにも白い花が咲いているので、借家を訪ねてきた木綿子に聞いてみた。

「ああ、レースフラワーですね。私もこっちに来て初めて見たんです。寒い方には自生しないんでしょうね」

確かに、実家の辺りでは見た覚えのない花だった。レースフラワーという名の通り、白いレースがふんわりと広がっているような花だ。

「雨上がりがきれいですよ」

そうささやかれると、雨が降るのが待ち遠しくなってくる。

お昼を食べ終えると木綿子が、お隣の草むしりを手伝いに行くと言い出した。木綿子だけにやらせるわけにはいかないので、僕も一緒に草むしりをすることになる。

お隣の庭は葉を茂らせた木も多く、そこここに日陰があり風も通るので、地面にかがみこんでいても快適だった。グラウンドカバーのある辺りは木綿子の言った通り雑草も少ないが、木の根元といった地面がむき出しのところには草が生えている。

おばあちゃんはハサミを使って、庭木の無駄な枝を落としていた。木綿子はその近くで草をむしりながら、他愛ないことをおばあちゃんと話している。

「それでね、大事にしていた結婚指輪を庭で落としちゃって、どうしても見つからないのよ」

「どのくらい前の話ですか？」

「春先のことだったと思うんだけど。まだ草も少ない時期なのに、見つからないっておかしいでしょう」

「そうですね……」

木綿子はおばあちゃんの話を聞くと、草むしりの手を止めて立ち上がった。あちこちの木の枝に触れて、何かを確信したように庭の奥に向かう。

その行動を不思議に思いながらついていってみると、木綿子はまるで木の話を聞くように、一本のツツジの葉に額をつけていた。肌を通して何かを語りかけているみたいに見える。

やがてぱっと顔を上げると、「おばあちゃん、ハサミ貸してください」と振り向いて声を上げた。

おばあちゃんからハサミを受け取った木綿子は、ツツジの枝の根元にあるふくらんだコブのようなものをハサミでちょんと切り取った。

「あらやだ。虫こぶじゃないの、それ」

おばあちゃんが悲鳴のような声をあげる。

「虫こぶ？」

「寄生虫でできるこぶのことよ」

「じゃあ、この中に虫がいるんですか？」

「たぶん、虫じゃないですよ」

木綿子は恐れもせずにそのコブをハサミで真っ二つにしてしまう。おばあちゃんが、今度は本当に悲鳴を上げた。

だけどコブの中から出てきたのは、虫ではなかった。二つに割れた緑の実のような物の中には空洞があり、そこに銀色に光る物が収まっている。

おばあちゃんが、信じられないという顔でおそるおそるそれに手を伸ばした。指先でつまみ上げると、そのしわだらけの頬に涙が流れた。それはどう見ても、指輪だった。

「私の結婚指輪だわ。どうして、こんなところに」

「おじいちゃんが、教えてくれたんですよ」

木綿子が優しく微笑んで、ティッシュで指輪の汚れを拭ってやる。おばあちゃんはそれを薬指にはめると、右手で包みこんだ。

「ありがとう、本当にありがとう。こんなことって、あるのね」

「よかったですね。見つかって」

僕は呆然としながら、その不思議な出来事を見守るしかなかった。


「君、霊感とかあるの？」

僕の家へと戻ってきた後で、木綿子にそう問いかけてみた。

「おじいちゃんが教えてくれたって言うのは、うそです」

「じゃあ、どうして、指輪のありかがわかったの？」

木綿子はその質問を笑ってはぐらかすと、こんな話をしてくれた。

「あのツツジの木は、おじいちゃんのことが大好きだったんです。それでおばあちゃんが結婚指輪をしているのを、いつもうらやましく見ていた。そしてある日、おばあちゃんが落とした指輪を自分の物にしてしまったんです」

一息に語って、ふっと上目づかいで僕を見る。

「信じます？　こんな話」

どう返せばいいのか、困惑した。木や花のことで、木綿子が冗談を言うとは思えない。だけど今の話を本当のこととして受け止めるには、僕は現実的な人間すぎた。

「……信じたいけど、信じられない」

それが僕の本音だった。

「ですよね」

場の空気を和ませようとするように、木綿子は無理に微笑んでみせた。言ってしまったことはもう打ち消せないから、少しでもそれを軽く見せようとしているようだった。

木綿子にそんな顔をさせてしまったことを、申し訳なく思った。木綿子は僕に話したことを後悔しているだろうか。

気まずくなった空気のままで、木綿子がそろそろ帰ると立ち上がった。バス停まで送るため、僕も外へ出る。

草むらを抜け、国道へと向かう途中の道沿いに、レースフラワーが咲き群れていた。空のはしばかりが明るくて、足元は薄闇におおわれ始めた世界で、白い花はぼんぼりのように明るく揺れていた。

木綿子がゆっくりと花に近づいていって、その細やかな葉を撫でる。その姿がそのまま、白い花の一つになってしまいそうで、思わず僕は木綿子を引き寄せて抱きしめていた。

「どうしたんですか？　先輩」

「ごめん。ちょっと……」

それ以上、何も言えなかった。抱きしめた彼女には確かに温もりがあり、骨の感触と体の厚みとが感じられる。それなのにいつまでたっても、細い花の茎を抱きしめているような気しかしなかった。

やっと腕を解きながら僕は思った。

彼女は人よりも、花に近い存在なのだ、と。

第三章　ミズナラ

丹市パンが食べてみたいと、木綿子が言い出した。

大学の夏休みが終わりかけて、実家に戻っていた木綿子が久しぶりに僕の家にやって来た時のことだ。

庭に咲く鉢花は少し入れ替わって、今はキクのような花達が庭に彩りを与えてくれていた。

丹市パンというのは、僕が生まれ育った市にあるパン屋のことである。地元の人間にとってはソウルフードと言える食べ物で、僕も物心ついた時から食べ続けているパンだ。

夏休みに帰省した時、お隣におみやげとして買ってきたのだが、それを聞いた木綿子が私も食べたかったと、子供みたいに駄々をこねだしたのだ。

「どうして、私の分はないんですか」

「だって、君はいつ帰ってくるかわからなかったから。日持ちしないものなんだし」

僕の思い出話の中に、度々丹市パンは登場していたから、木綿子にとってそれはあこがれの食べ物になってしまったらしい。

「食べてみたかったなあ。丹市パン」

ため息をついてそう言われると、何とかしてやろうという気持ちになる。

「じゃあ、食べに行こうよ」

「えっ、本当ですか？」

「パン食べるだけなら日帰りでも行けるし、いつでもいいよ。どうする？」

木綿子はスケジュール帳を取り出して、にらめっこを始めた。「課題をここまでに終わらせて、ここは友達と約束があって……」とぶつぶつ言っている。

「ちなみに日曜日はお店が休みで、午後になると売り切れになる可能性もあるよ」

「売り切れるんですか⁉」

「まとめ買いする人も多いし、給食にも卸してるからね」

「うーん、今週の金曜とかどうですか？」

「いいよ。電車で行く？」

「はい」

木綿子が行きたがるかどうかはわからないけど、実家には寄らないことにした。女の子を家に連れていったりしたら、確実に彼女だと思われることだろう。母親などは気が早いから、結婚の予定とか言い出しかねない。

今の僕達の関係を、何と言えばいいんだろうと、こういう時考えこんでしまう。

恋人を必要としないという木綿子の主張は、一貫して変わらない。お隣のおばあちゃんが僕のことを彼氏と言うたび、友達といちいち訂正するほどだ。

それでも木綿子は定期的に僕の家を訪ねてくるし、それはうっかり抱きしめてしまった後も変わらなかった。そして最近は、今日の丹市パンの件のように、僕に対してちょっとした甘えも見せるようになっていた。

はたから見たら恋人と言ってもいい関係だろうに、木綿子だけがそれを認めようとしない。

告白した時に、木綿子がずるいと言った意味が、近頃は身にしみて感じられた。確かに木綿子はずるい。僕の気持ちを知りながら、友人という境界から先には踏みこませず、そのくせ彼女のように甘えてみせて、僕の胸をくすぐり続ける。

木綿子は、一体僕に、どうしてほしいんだろう。

金曜日は天気予報通りの、快晴だった。

最寄り駅で木綿子と待ち合わせると、電車に乗りこむ。いわて銀河鉄道線だ。北上するにしたがって車内の人は減っていき、広くなった座席に木綿子と二人で座って車窓の景色を楽しんだ。青々とした田んぼの上を銀の波がどこまでも渡っていき、ヒマワリの黄色がまだどうにか夏の景色を保っている。田んぼの中に佇むサギの姿が、くっきりと白い。

空に目を向ければ、それは明らかに秋の気配をまとっていた。真夏よりも青さが薄れて透明度の高くなった空は、南極の氷のような冷ややかさがある。

景色を楽しみながら、僕は木綿子に丹市パンの説明をした。コッペパンに自分で選んだクリームを塗ってもらうというやりかたは、盛岡の有名なパン屋さんと同じだ。片面塗りと両面塗りがあり、自分好みのパンを作ることができる。

「おすすめはありますか？」

「僕は昔からストロベリーが好きだなあ。あ、ジャムじゃなくてクリームね。あとは粒ピーナッツもおいしいよ」

無人駅を幾つか過ぎると、線路沿いに黄色い花が咲き群れていて、木綿子が歓声を上げた。黄色い花があるうちは、まだ夏だと言える気がする。

降りる駅が近づいてくると、なじんだ町の風景や山の形が目に入って、郷愁といったものがこみあげてくる。お盆に帰ってきたばかりだというのに。

木綿子をともなって駅に降り立つと、何とも言えない感慨に浸った。何だかまるで、婚約者を故郷に連れてきたみたいな感じじゃないか。

「この町に来るのは初めて？」

「えっと、通り過ぎたことなら……あります」

顔を見合わせて苦笑するしかなかった。部活の大会でもなければ、来ることはないだろう。

お店まではバスで行くことにしたが、次のバスは三十分後だ。僕も木綿子もいなかの交通事情には慣れていたので、駅前をぶらぶらしながら時間をつぶした。

「ここが先輩の育った町なんですね」

「うん、でもこの辺の景色も子供のころとずいぶん変わっちゃったな。その坂の途中に本屋とレンタルＤＶＤのお店があったんだけど、なくなったね」

なくなったものもあるし、新しく建ったものもある。町も生き物なのだろう。

「先輩のお家は、町の中ですか？」

「まあ、そう言えるかな。町をちょっとはずれた住宅街」

「じゃあ、学校通うのも楽だったんじゃないですか？」

「うん、ずっと徒歩だったな。小、中、高と、近い場所に建ってるんだよ」

「私なんて、小学校の時からずっとスクールバスですよ。バスに合わせて生活するしかないんですから。あれ、あこがれたなあ。学校帰りに寄り道して、友達とハンバーガー屋さんに行くの」

「ハンバーガー屋はなかったけど、高校の時とかコンビニの前で友達と何時間でもしゃべっていられたな」

「ああ、そういうのもあこがれでした」

木綿子にしてみれば、僕も十分町育ちの人間だと言えるのだろう。

駅に戻ると、乗る予定のバスがエンジンをかけてスタンバイしていた。赤とクリーム色の見慣れたバスに乗りこんで発車時間になるのを待つ。

走り出したバスは十分ほどでお店の前のバス停まで僕達を運んでくれた。

「僕の通った学校は、小、中、高と、この坂の上にあるんだ」

僕が指を差して教えると、木綿子はかすかに見える校舎にうなずいてみせた。

「いい環境じゃないですか」

道路を渡った先が、丹市パンのお店だった。お昼前の時間で、予想通り店の外にまで行列ができている。

「すごい行列」

「いや、いつものこと」

夏場なので、外で待つのが苦にならないのがありがたい。そして売り物がパンなので、客の回転は早いのだ。実際僕達も、すぐに引き戸を越えて店内へと入ることができた。

パン屋と言ってもこの店は、棚にパンが並べられているわけでもなく、店の中にはみかんやらおせんべいやらが陳列されている。

並ぶ人達は皆静かで、先頭のお客さんとお店のおばちゃんが交わす言葉が、後列にいる僕達にまで聞こえてくる。人が変わるたびに繰り返されるそのやりとりを、木綿子は真剣に見つめていた。初めて利用する人間にとっては、緊張するものかもしれない。

カウンターに近づいていくと、やっとケースの中に並ぶジャムやクリーム類が見えるようになってきた。それを眺めながら、さて今日はどの味にしようかと悩むのだ。

「順番が来るまでに、味は決めておいてよ」

「悩みますね」

ささやくように木綿子と会話していると、僕達の順番が来た。別々に買うことにして、まずは僕から注文する。

「何個切りますか?」

「二個で」

注文を受けてから、パンを切ってくれるのだ。

「一つはストロベリークリームとバターで。もう一つは粒ピーを片面塗りで」

おばちゃんはさっさとパンを切り、パンにクリームとバターをこれでもかというくらい塗りつけてくれる。白い紙袋に入れてくるくると回して閉じると、ビニール袋に入れる。その一連の作業が手際よく行われて、何かの儀式がとどこおりなくすんだような気持ちにさせられる。

会計をすませると、横によけて木綿子の注文を見守った。何だか、初めてのおつかいを見守る親の気分だ。

木綿子はパンを四つ切ってもらった。ストロベリークリームとミルク。チョコとバター。粒ピーとバター。抹茶とミルク。初めての来店にしては、攻めた注文かもしれない。

まだ温もりのあるパンを抱えて外に出た。

「さて、これをどこで食べようか？」

「先輩が通ったっていう、学校の方行ってみてもいいですか？」

「いいけど、役所と学校しかないよ。高台だから、見晴らしはいいかな」

途中で缶コーヒーを買って、のんびりと坂を上っていく。小学校のチャイムの音が響いてくる。懐かしい音だ。

「パン屋さんって言うから、店中にパンが並んでるのかと思ったら違うんですね」

「うん、売ってるのはコッペパン一種類だけだからね」

「うちの実家の方にある、個人商店みたいな雰囲気でした」

そうそうと笑い合いながら、小さな公園を見つけてベンチに並んで座る。

「で、四つ食べるの？」

たずねると、木綿子は頬をふくらませて、僕の腕に軽くパンチする。

「二つは明日の朝の分です」

「だったら、帰ってからピッチリとラップしておくといいよ」

うなずいた木綿子は、早速紙袋に手をかけた。パンを手にとっては中身を確かめ、「どれにしようかな」と悩んでいる。やがて意を決したように、「ストロベリー」と宣言した。

ツヤツヤとしてふっくら焼き上がったパンは、いつ見ても幸せな気持ちになる。一口かじりついた木綿子は「ん〜」とうれしそうな声を上げた。漫画なら、語尾に音符がついているところだ。

「ふわふわなんですね。表面はこんがりして香ばしいのに、中はふんわり」

「でしょ？」

思わず自慢げな口調になってしまう。僕が作ったパンでもないのに。

二口、三口と食べて、さらに木綿子は幸せそうに足をバタバタさせる。

「このクリームおいしいですね。やっぱりストロベリーで正解だったな」

「僕がおすすめしたんだろ」

「そうでした」

小さなころからなじんでいる味なのに、食べるたびにしみじみとおいしいなあと思ってしまう。今はいつでも食べられる環境にないから、なおさらおいしく感じられた。

パンを食べながら、僕の学生時代の話をした。僕の通った高校にはバンカラと呼ばれる応援団が存在するのだ。

「応援団はさ、代々先輩から受け継いだ制服を着るから、つぎはぎだらけでボロボロなんだよ。それで、下駄をはいて登校してくる」

「あっ、高総体の応援の時見ました、そういう人」

「そうそう、あれの開会式が、彼らの晴れ舞台なんだよね。で、その応援合戦の練習が地獄なんだよ。特に一年生にとっては」

思い出してみてもあの日々は、なかなかに過酷だった。誰かにあんなに怒鳴られたのは、人生で初めてだったし、あれ以降もない。最初の三日で声は枯れて出なくなり、しゃがれた声をそれでも張り上げ続けた。

「一人じゃないから、まだやれたって感じだな。新学期のころだったから、あの練習を乗り越えることでクラスの一体感が生まれた部分もある。でも正直、ああいうのは二度とごめんだね」

「大変だったんですね」

口ぶりは同情しているようだったが、木綿子の顔は相変わらず幸せそうにほころんでいる。木綿子の手には二つ目の、チョコバターのパンが握られていた。

不思議な気分としか言いようがなかった。小さなころから高校を卒業するまで通い続けたこの場所に、木綿子と一緒にいて思い出話をしているということが。

ウフフッと、木綿子が笑い声を上げる。「何？」と聞くと、「見える気がして」と返ってきた。

「ランドセルを背負った、小学生の先輩とか、学ラン姿の先輩とか、その辺にいるような気がして」

本当に、自分でもそんな気がした。いつもの通学路を、ランドセルを背負った小学生の僕が歩いて来そうな気がする。ランドセルにつけていたキーホルダーのシャラシャラ鳴る音さえ、聞こえる気がした。

パンを食べ終えて、懐かしい道を少し歩いてみようという気になった。木綿子と並んで、昼下がりで誰もいない道をのんびり歩いていく。その時ふっと、思い出したことがあった。

「幼なじみで、仲良くしていた友達がいたんだけど……」

タケちゃんと呼んでいた。竹田《たけだ》だったのか、たけしだったのか、思い出せない。家が近かったわけではないが、母親同士が仲がよくて、物心ついた時からの遊び仲間だった。

小学生になると野球部に入り、そのチームの野球帽をいつでもかぶっていた。僕はスポーツはしていなかったから、タケちゃんに練習があるから遊べないと断られるたび、つまんねーのと胸のうちで毒づいたものだった。

「小学三年の時だったかな。タケちゃんが転校することになっちゃって。親の仕事の都合でね。そのころちょうど遠足があったから、一緒に山登りして最後の思い出作ろうなって言われてたのに、タイミング悪くカゼひいて休んじゃったんだよ。その後引っ越しの日に見送りに行ったら、『いい物やるよ』って、タケちゃんが紙袋くれたんだ。何って聞いても、後で開けろって言うだけで」

タケちゃんとの別れは辛かった。親しい人との別れなんて、僕には初めてのことで、タケちゃんの顔もろくに見られなかった。泣くのをこらえながら「じゃあな」と言って、背中を向けてそれっきりだった。

「ああ、そうだ。ここだ」

家へ帰る途中の空き地。雑草と茂みに覆われた、何にもない土地だ。茂みの中にもぐりこんで、ひとしきり泣いた。泣き止んで帰ろうとしたらイバラに服が引っかかって、とるのに苦労した。

「家に帰って気づいたんだよ。タケちゃんにもらった紙袋を持っていないことに。ポケットに入れたはずだったんだけど、なくなってたんだ。たぶんこの空き地だろうと思って引き返したんだけど、この通りの雑草と茂みだろ。探そうにもイバラにはばまれて、それっきりだった。それからずっと、引っかかってたんだ。一体タケちゃんは、僕に何をくれたんだろうって」

ポケットに入るほどの白い紙袋だった。ミニカーか、カード類か、きっとそんなところだったんだろう。だけどせっかくくれたプレゼントを、中身も見ずになくしてしまったなんて、タケちゃんにはとても言えないと思った。だから手紙も出さず電話もせず、あれっきりタケちゃんと会うこともなかった。

何だかあきらめきれず、茂みの中をのぞいてみる。あちこちに古いゴミが見えるけれど、手を伸ばそうとするとやっぱりイバラに阻まれる。

木綿子は僕の話を聞いて、一人草むらを突っ切っていった。イバラの茂みを避けて、うまい具合に奥へと進んでいく。

「先輩、ちょっとこっち来てください」

木綿子に言われて僕も草むらの中を進んでいく。スカートの木綿子よりも僕の方が手間取るというのは、どういうことなんだろう。それでもどうにか木綿子のそばまでいくと、そこには二本の木が生えて、気持ちのいい木陰を生み出していた。日陰ができるせいか、その下は雑草の伸び具合もいまいちだ。

「これね、ミズナラの木ですよ」

「ミズナラ？」

言われたところで、それがどういう木なのかもよくわからない。

「カブトムシが来る木？」

「来ますけどね、それは今、関係ないです」

木綿子は木の枝を見回して「まだ早いかな、どうかな」と言いながら、何かを探している。

「あ、あった！　先輩これ見てください」

相変わらずきれいな木綿子の爪の先に、小さな黄緑色の実があった。宝石のように鮮やかな翡翠《ひすい》色の、つるんとした光沢を持つ実だ。

「これって……」

「ドングリですよ。あとひと月もすれば、茶色くなって地上に降り注ぎます」

「ドングリか。そういえば、小学生の時好きだったな。そうだ。あの遠足の時も、タケちゃんとドングリ集めの競争しようって……」

言いかけた僕の言葉は、空気の中に溶けていった。

「まさか……」

「その、まさかですよ」

木綿子がうれしそうに、両手を広げてみせる。

「この二本のミズナラの木は、先輩が落とした紙袋から育ったものなんです」

瞬間僕の脳裏に、タケちゃんが遠足に行った山の中で、紙袋にドングリを詰めている姿が鮮やかに浮かんだ。

「ドングリ……だったか」

木の幹を撫でながら、知らず笑いがこみあげてきた。落とした紙袋が雨に溶け、ドングリが散らばり、そこから小さな芽が出て……。その後は日光を求めての争いの日々だったろうか。少しでも上に葉を広げたものの勝ちだ。そして勝ち残ったもの達が、こうして立派な木となって、葉を広げてまたドングリを実らせている。

ドングリが、一本の木になるまでの時間が、あれから過ぎていたのだ。

「すごいな、木って」

思わずため息がもれた。十年前の謎が、こんな形で解けるなんて。

「あのね、信じてくれなくてもいいですけど」

そっと、シャボン玉を吹くような口調で、木綿子は言った。

「タケちゃんは、メッセージカードも添えていたんです。このドングリを、家の近くのどこかに植えてほしいって。自分の代わりに、この町に根を下ろしてほしいからって」

木綿子の言葉はすっと、僕の中に入ってきた。信じられないとは思わなかった。タケちゃんならきっとそうしただろうと、素直に思えた。

別れるのが辛かったのは、僕ばかりじゃない。タケちゃんもまた、この町を離れるのが辛かったのだ。僕達と別れるのも、きっと悲しんでくれたのだ。

だから僕にドングリを託した。地面に根を下ろして、力強く成長していく種を。

「先輩は知らず知らず、タケちゃんの願いを叶えたんですね」

体の奥深くの柔らかい場所に、突然触れられたような気がした。まずいと思っても、もう止められなかった。僕の目からは、涙があふれ出していた。

「あー、まいったなあ、もう」

うれしいのと、寂しいのと、切ないのと、喜びと。いろんな気持ちがグルグル渦を作って、胸の中で暴れていた。それらを押し流すように涙は流れ続けた。その間木綿子は、癇癪《かんしゃく》を起こした小さな子供を見守るように、じっとそばにいてくれた。

ひとしきり泣き続けて、それでも胸の中に残った感情は、寂しさだった。この木が小さなドングリに戻ることがないように、僕もランドセルを背負っていた自分に戻ることはない。今の僕はドングリを見ても、拾い集めようとは思わないし、タケちゃんに再び会えたとしても、もうあのころのような友達同士には戻れないだろう。

「木も、僕らも、成長し続けるしかないんだな」

袖でごしごしと顔を拭いながら、僕は言った。

「戻りたくてももう、あのころには戻れないんだな」

木綿子は傷を負った人のように、痛そうな顔をした。それからミズナラに近づいていくと、枝の一つを引き寄せてドングリの一粒を摘み取った。それを宝石のように大事そうに手の中に包みこんで、ひと言言った。

「帰りましょうか」

木綿子にも戻りたくても戻れない、あのころがあるのだろうか。それとももしかしたら……。

――成長すること自体が、痛みなのだろうか。

痛そうな木綿子の顔は、僕の胸に小さなトゲのように刺さった。

僕は木綿子を真似て翡翠色のドングリを摘み取ると、手の中に収めた。それは宝石のように冷ややかで、尖った実の先が手のひらをツンとつついた。

第四章　タチアオイ

お隣の庭にクジャクアスターという薄紫色の花が咲き乱れて、秋たけなわとなった。ハチやチョウが集まって、冬の前の最後の宴とばかりに花に群がっていた。

ハチミツ色の光が乏しくなり、草に降りた霜をジャリジャリと踏みながらバス停に向かう朝が続き、岩手山が雪帽子をかぶり、また冬が来た。

年が明けた成人の日。木綿子は成人式に参列した。木綿子の地元の役場で行われた式に僕は行くことはできなかったけど、木綿子が後から写真を見せてくれた。

大判の集合写真に、仲のいい友人同士で撮ったらしい写真。それに写真館で撮った、見合い写真のようなものまであった。

カメラマンに言われたとおりにポーズを取ったのであろう木綿子の振袖姿は、

やはり美しかった。長い黒髪は横の部分だけ上げて、白い花の髪飾りをつけている。振袖は落ち着いた朱色に大柄の白い花模様のものだった。古風なデザインだけど、それが木綿子の雰囲気によく似合っていた。

「これ、何の花？」

「当ててみてください」

最近木綿子は、こんな小さなクイズを出してくる。

写真の振袖を見つめて考えた。木の枝も描かれているから、木に咲く花だ。白鳥の畳んだ翼を思わせる白いふっくらとした花で思い浮かぶのは、コブシとハクモクレン。さて、どちらか。

「ハクモクレン」

「正解です」

小さくガッツポーズした。ただの勘が当たっただけのことだけど。

「このデザイン、自分で選んだの？」

「いえ、母が知り合いの呉服屋さんに、注文してくれたものなんです」

オーダーメイドということだろうか。高そうだ。

そういえば、木綿子が身に着けているマフラーもお母さんの手編みという話だった。振袖を見立ててくれたり、マフラーを編んでくれたり、きっと仲のいい母娘なのだろう。

冬に入ってから花が少なくなったせいで、また木綿子は体調を崩すことが多くなっていた。せめて部屋の中だけでもと思って、観葉植物やらサボテンやらを窓辺に並べている。夜は彼らを凍らせないようにするのに、気を遣う毎日だった。

「春が来たら、先輩は四年生ですね」

「順調にいけばね。まあ、単位は間に合いそうだけど」

「先輩は卒業したら、どうするつもりなんですか？」

それは自分でも、まだ悩んでいる最中だった。院に進むのか、就職するのか。就職するにしても、盛岡に留まるのか地元に帰るのか、それとも思い切って東京の方に行ってみるか。選択肢は色々あるけど、できるなら、木綿子と離れたくない。

「今のまま行ったら就職になるだろうけど。就活どこでやろうかな。やっぱ盛岡かなあ」

「先輩、地元には帰らないんですか？」

木綿子が意外そうに言った。

「別に、そこまで地元にこだわりがあるわけじゃないし。仕事探すんなら、こっちのが選択肢も広がるし」

「でも、先輩一人っ子でしたよね？　家は継がなくていいんですか？」

家を継ぐという発想が、そもそも僕にはなかった。父親が次男坊で、核家族で育ったせいだろうか。結婚したとしても、親とは別の所帯を持つとしか考えていなかった。

「家業があるわけでもないし、伝統ある家でもなければ、家を継ぐことにそんなにこだわる必要もないと思うけど」

木綿子は頭痛がするというように、こめかみを押した。

「頭痛いの？」

「いえ、どちらかと言うと、耳が痛いです。先輩の言うとおりですね。私が古い考えでこり固まってるんです。私の育った集落は何て言うんですかね、ムラ意識が強いんです。里にいた時は不思議にも思わなかったんですけど、盛岡に出てきて初めてそのことに気がつきました。里のお年寄り達にとっては、長子が家を継ぐというのは当然のことで、家を絶えさせてはならないっていうのが、時には個人の意思よりも尊重されるんですよ。だから私も、それが当たり前だと思って発言してしまいました。ごめんなさい」

「いや、あやまる必要はないけど。でも、それなら君は？　卒業したらどうするつもりなの？」

「私は、里に帰って農家を継ぎます」

きっぱりと、木綿子は言った。その決意に微塵《みじん》の揺らぎも感じられなかった。

新年度が始まり、大学の植物園に小さな花達が咲き乱れる季節になった。僕は散々悩んで、両親とも話し合った末に、大学院に進む道を選ぶことにした。秋の入試に向けて研究計画書の作成やら受験勉強やらにいそしまねばならない。

去年のように花を楽しむ暇もなく、気がつけば初夏になっていた。木綿子と二人で構内を散歩していると、頭上で葉がざわざわと揺れた。見上げて、どっちだったかなと頭を悩ませる。

「プラタナスです」

僕の様子を見ただけで、木綿子が教えてくれた。ユリノキかプラタナスか、見分け方を教わっても僕には難易度が高すぎるのだ。

プラタナスは秋の紅葉が美しい木だけど、この季節の瑞々しい葉が風にそよぐ様も、素敵だった。星を半分にしたような形の葉から降り注ぐ木漏れ日が、木綿子の肩に落ちている。

「すげー、星型だ」

「え、何がですか？」

木綿子が動いたせいで、その光が消えてしまった。僕は持っていた黒い表紙のノートで、さっきの木漏れ日を探す。

「ほら、星の形」

「ほんとだ。すごい」

葉と葉のすき間を通った光が、偶然そんな形になったのだろう。それはいびつだけど、星の形の光となっていた。

しばし二人で、ノートを手に星型の光を探した。星型だったりひし形だったり崩れていたり、無心になって探していると勉強疲れの頭が癒されていく。

「先輩は夏休みどうするんですか？」

「試験勉強と、研究計画書の作成でつぶれる予定」

「実家で過ごすんですか？」

「行くけど、ずっとはいないよ」

「じゃあ、うちの実家に遊びに来てみます？」

パタンと、思わず手にしていたノートを落としてしまった。

「いいの？」

「はい。七月の終わりに、里の神社でお祭りをやるんですよ。大きなものではないけど、どうですか？」

「行く」

行きたいに決まっている。

「泊まりでいいですか？　うちの周り、何があるわけでもないから、退屈だと思いますけど」

「読んでおきたい本がたくさんあるから、静かな環境は願ってもないよ。でも、いいの？　迷惑じゃない？」

「迷惑なんて、全然。うちは里帰りしてくる家族も親戚もいないから、父も喜ぶと思います。花の仕事が忙しい時期なので、あんまりお相手はできないと思いますが」

そういうわけで、七月の最終週、四泊の予定で木綿子の家に泊まりにいくことになった。

約束の日。僕はレンタカーに荷物と本とノートパソコンを積みこむと、カーナビを設定して国道四号線を北上した。

免許は持っていても普段運転する機会がないものだから、いきなり交通量の多い国道を走るのは緊張する。ハンドルが汗ですべりそうになるたび、服で手を拭くのを繰り返していると、ナビが国道から降りるように指示してきた。

国道を外れて少しだけ肩の力を緩めることができた。風景を楽しむ余裕もできてきて、気がつけばずいぶん岩手山に近づいていた。

大きな道からはずれると、前後を走る車もいなくなり、広々と田んぼや畑が広がるようになる。道のわきに咲くタチアオイがやたらと目についた。

白に赤にピンク。子供のころからこの花を見るたびに、郷愁を覚えたものだった。父方の祖父母は同じ町にいたし、母方の祖父母がいるのも決して田舎らしい風景の場所ではない。僕はこの花を見て、一体どんな田舎を思い浮かべていたんだろうと、今でも不思議に思うのだ。

タチアオイはまるで道案内の看板のように、辻々に立っていた。何だかお葬式の案内板を思い浮かべてしまう。タチアオイのせいにはしたくないけれど、目的地周辺に至って僕は完全に迷ってしまっていた。カーナビに頼るのもこの辺が限界のようなので、木綿子の携帯に電話をかける。

大きなクスノキの横の道を入ると集落があり、道の行き止まりが木綿子の家。そんな説明を受けて、再びハンドルを握る。クスノキはカーナビには現れない。木綿子の目線で地図を作ったならば、この世界は木と花だけでできていることになるだろう。

濃い木陰を作り出しているクスノキの下をぐるようにして、道を進んでいく。そこが木綿子の育った里のようだった。田んぼと畑の合間に家が建ち、あちこちにタチアオイが咲き乱れている。鳥居があり、小高い所に神社があった。お祭りのためなのか、黄色や赤の幟《のぼり》も立っている。

せまい道をゆっくりとすすんでいくと、どん詰まりに家があった。道路は家の前で曲がって来た方向に戻っていくから、ここが木綿子の家で間違いないだろう。広い庭にゆっくりと車を入れていった。

地方の旅館のような、古いけれど趣《おもむき》のある平屋の家だった。屋敷というほどではないけれど、立派な建物であることは間違いない。敷地はやたらと広くて、小屋らしきものが家の横に繋がっている。その小屋のドアから木綿子が顔を出した。

「先輩、いらっしゃい。遠くまでご苦労さまでした。父に紹介しますね」

いきなり、ご両親にあいさつのようだった。小屋の中へと案内されると、開け放した窓から風が吹きこむテーブルに、リンドウの花が山のように積まれていた。そのテーブルの向こうに黙々と花を束ねる人がいた。

「お父さん、先輩が来てくれたよ」

「ああ、よぐおでってけました。こったら遠くまで、ようこそ」

一瞬だけ手を止めて、僕を見てあいさつしてくれる。夏でも長袖のつなぎを着ていて、真っ白な頭に、日焼けしたしわの刻まれた顔。木綿子とは少しも似ていない。

「初めまして。木綿子さんと同じ大学に通う、谷村温人です。お世話になります」

「いや、俺は何も世話でぎないけど、ゆっくりしてってけで」

ぼそぼそと言うと、お父さんはまた花を束ねる作業に戻ってしまった。

「じゃあ部屋に案内しますね」

車から荷物を出すと、木綿子が着替えの入ったバッグを持ってくれる。僕はパソコンと本を抱えて、木綿子に続いて家に入った。

家の中はひんやりとして、冷房もいらないようだった。廊下をひたひたと歩いて、奥にある部屋に通される。

「ここを好きに使ってくださいね」

「あ、お母さんにもあいさつしないと。出かけてる？」

「そうですか？　じゃあ荷物置いたら仏間に来てもらえますか」

どうして仏間？　と思いながら、適当に荷物を置いて廊下を玄関の方へと戻ってみる。戸の開け放された部屋に仏壇が見えたので、足を止めて中をのぞきこむと木綿子がいた。

「あれ、お母さんは？」

木綿子の他に誰もいないので、キョロキョロ見回していると、「ここです」と木綿子が手で示してくれた。

その先にあったのは、仏壇だった。

「え、え？　何が？」

「これが、私の母の雪江《ゆきえ》です」

木綿子が仏壇の中から、写真立てを取り出す。その中には、木綿子によく似たまだ若い女性の写真が納まっていた。

「お母さん、亡くなってたの？」

「はい。私が生まれた時に」

「……それは、大変だったね」

何だろう。何かいろいろおかしい気がする。そう思いながらも、とにかく仏壇の前に座りお線香を上げ、手を合わせた。

「お母さん、生きてるのかと思ってたよ」

「あれ、私言いませんでした？」

「聞いてない。ああ、そうだ。振袖注文してもらったって言ってただろう。それに、あれだ。マフラーも編んでもらったって言ってたから、てっきり元気でいるものだと思ってた」

そうだ。何がおかしいのか、気がついた。木綿子のお母さんが亡くなっていたのなら、しかも木綿子が生まれた時からいなかったと言うなら、振袖を注文するなんてできるはずがないのだ。

「あの、振袖の話は何だったの？　おかしいよね。お母さんは亡くなってるのに」

「おかしくないですよ」

「え？」

「母は、死ぬ前に私に似合いそうな振袖を注文してくれたんです。それに、マフラーも。あ、見てみます？」

木綿子はちょっと待っててくださいと言って、部屋を出て行った。しばらくすると、収納ケースを持って戻ってくる。蓋を開けると、防虫剤の匂いがした。木綿子は中の物を、畳の上に並べていく。

「これは、幼稚園時代のもの。手袋と帽子もあります。小学校低学年の時。高学年の時。中学生の時。高校生の時。そして、今も使っているあのマフラー、です」

それは、五本のマフラーだった。木綿子が今使っている物も合わせれば、六本のマフラーだ。小さなころの分には帽子と手袋がついていて、それぞれの年頃に合わせた長さとデザインになっている。

「これ、全部手編み？」

「そうです。妊娠中に編んでくれたそうです」

「お母さんは、どうして亡くなったの？」

「そういう運命だったんです。母は、自分が死ぬことがわかっていたので、私のためにこれを残してくれました」

死期を覚っていたということは、癌だったのだろうか。闘病しながらの妊娠出産だったということか。

僕はマフラーの一つに手を伸ばした。中学時代の物だ。水色とクリーム色のボーダー柄だった。マフラー一つを編み上げるのに、どれだけの時間と労力がかかるのだろう。木綿子への一生分の愛情が、このマフラー達にこめられている気がして、軽いはずのマフラーが一瞬ズシリと重く感じた。

里の中をブラブラと散歩しながら、木綿子はお母さんの話をしてくれた。木綿子が生まれてすぐに亡くなったので、写真でしか知らないこと。木綿子が料理できるようになった時のために、レシピ集を残してくれたこと。

「ノートの後ろの方には、離乳食用のレシピ集もあるんですよ。これは、父のためのものですね」

「お父さん、一人で子育てしたわけだ。離乳食も手作りして」

「完全に一人じゃないですけどね。里のおばさん達が入れ替わり立ち替わりで手伝ってくれたそうです。あと、父方の祖母もしょっちゅう泊まりこんで遊び相手になってくれました」

いなかだからこそ、何とかなったのかもしれなかった。男手一つで仕事をしながら子育てなんて、想像しただけで壮絶すぎる。

道を歩いていると、農作業帰りの人達とすれ違うことがあった。その度木綿子は僕のことを紹介し、僕も頭を下げるということが続いた。

「この辺の人、みんな知り合いなの？」

「そうですね。里全体が親戚みたいな感じでしょうか。明日にはもう、ここのみんなに先輩のこと知れ渡っていると思いますよ」

閉鎖的な地域の情報伝達の速さは、大学の友人達からよく聞かされていた。プライベートな情報まで、共有されてしまうらしい。何歳までおねしょしていたかを、三軒隣のおばさんが知っていると言うのだ。

日が傾き始めて涼しい風が吹いていた。西の空には黄金の雲が浮かび、山の稜線が金の糸で縁どられている。タチアオイのてっぺんの花だけが夕日を浴びて、オレンジ色に輝いていた。カナカナカナと、ヒグラシの啼き声が降ってくる。空のあちこちでチカチカと輝いているのは、トンボの羽らしかった。

ざわざわと風に騒ぐ田んぼのあぜ道に佇んで、夕暮れの景色を眺めていると、ふいにこれが僕の求めていた故郷の景色ではないかと思った。

僕にはふるさとと呼べる場所がない。子供のころから、こんなふるさとを思い描いてあこがれていたような気がする。

「木綿子ぉー!!」

郷愁に浸っていた僕は、突然の大声で現実に引き戻された。少し離れた道路のわきに軽トラが停まっていて、そのドアが開いて誰かが降りてくるところだった。

僕達のほうにずんずんと近づいてきたのは、作業着姿の若い男だった。僕達と同世代に見える。木綿子の友達だろうか。

「健ちゃん、仕事終わったの？　お疲れ様」

「おい、木綿子。何だよ、この男は。お前が彼氏を家に連れてきたっておふくろから聞いて、慌てて帰ってきたんだよ」

「彼氏じゃないよ。先輩は友達」

いつも通り木綿子はきっちり訂正する。だけど健ちゃんと呼ばれた男は、木綿子の言葉も耳に入らないようだった。

「俺は認めないぞ、こんな奴。お前には俺っていう、いいなずけがちゃんといるじゃないか」

「いいなずけ⁉」

今度は僕が叫ぶ番だった。

木綿子にいいなずけ？　そんな話、聞いてない。

「先輩も落ち着いてくださいね。いいなずけって言うのは、健ちゃんが一方的に言っているだけです。私が認めたことは一度もありません」

冷静な木綿子の言葉に、頭に上った血が下がっていくのがわかった。

「健ちゃんは、二軒先のご近所で、私の幼なじみなんですよ。年は先輩と一緒のはずです。えーっと、健太《けんた》だったっけ、それとも健介《けんすけ》？」

「健二《けんじ》だよ！　お前はいいなずけの名前も覚えてないのか」

「いいなずけではなく、幼なじみ」

僕にするのと同じように、木綿子はきっちりと訂正した。

健ちゃんは、地元の林業の会社に勤めているのだという。冬以外は、山の中で枝打ちをしたり下草を刈ったり、伐採をしたりしているのだそうだ。

夕飯をごちそうになりながら、木綿子の説明を僕はふんふんと聞いていた。お父さんは特に話に加わることもなく、テレビのニュースを見ながらマイペースにご飯を食べている。時々僕のビールのグラスが空くと、無言でつぎ足してくれた。

「お父さんは、飲まないんですか？」

と聞くと、

「今の時期は朝が早いからな」

と、ぼそりと返って来る。

夕飯は夏野菜の天ぷらだった。イカの天ぷらが混じっているのは、僕への気遣いなんだろう。

「ジャガイモ、新ジャガなんですよ」

木綿子がうれしそうに勧めてくれるので、箸を伸ばす。カリッとしてホクッとして、たまらない。他のピーマンやナスや春菊も裏の畑で採れたものだという。

家の古さに比べると、お風呂やトイレは新しく、シャワーもついていて、リフォームしたものだと思われた。

ごちそうを頂いて、お風呂にも入って、部屋に戻ると布団を敷いて横になった。泥棒は入らないと、木綿子に太鼓判を押されたので、網戸のままで蚊取り線香をたいてある。

明かりを消すと、しんと静かだった。車の音が一つもしない。隣家も距離があるせいか、物音は聞こえてこない。

街中のアパートとは、あまりに違う環境だった。僕が育った場所とも、ここは全然違う。

冷たいシーツの中でうつらうつらしながら、母親の存在なしで育ってきた木綿子のことを考えた。

幼いころの僕にとって、母親というのは絶対的な存在だった。柔らかくて温かくて、あらゆるものから僕を守ってくれる、万能のカサのような存在だった。

生まれた時からいなければ、母親を恋しいと思うこともないのだろうか。それでも寂しかっただろうし、他の子供の母親を見たら妬むこともあっただろう。

今の木綿子からはそんな負の感情は、少しも感じられない。僕が何気なく自分の母親の話をした時も、顔色を変えることもなく話を聞いていた。

それはきっと、お父さんの頑張りの大きさと、里のおばさん達の協力のおかげだったのだろう。お母さんのいない寂しさを、たくさんの人達が埋めてくれたのだ。

お父さんの朝は、本当に早かった。軽トラのエンジン音がしたので時計を見ると午前四時だ。まだ空も暗い。

早いんだなと一瞬思って、また眠りに落ちた。次に目覚めた時には、世界に朝日が降り注いでいた。顔を洗って、目を覚ますために外へ出てみると、まばゆさにしばし目が開けられなかった。瞬きを繰り返して、少しずつ目を慣らしていく。

広がる田んぼの稲は青々として風になびき、その波の合間に朝陽の金色が揺れていた。ザワザワと風にそよぐ木の葉の一枚一枚が、光を照り返していた。タチアオイのてっぺんの花達が、スポットライトのように透明な朝陽を浴びている。まるで神様の恩恵を受けているような特別な景色に思えるけれど、これがここでの当たり前の朝の風景なのだろう。

木綿子は朝ごはんの仕度をしているので、家の周りをぶらりと歩いてみた。家の裏にはリンドウと小菊を植えた畑が広がり、その横の小さな畑に野菜が育っている。どこかの家でニワトリが盛大に鳴く声がした。

作業小屋をのぞいてみると、昨日と同じ場所にお父さんが座って作業していた。

「おはようございます」

「ああ、おはようさんです」

僕をちらりと見ながら、花を束ねる手は止めない。すっすっと花を集めて、茎をトントンと揃えて、輪ゴムをグルグルと巻き、また次に移っていく。見事な手際のよさだ。

「早いんですね」

「いっつもやってるからな。こういうのも今は、全部機械でやれるんだけど、機械が高くてうちでは、とっても買えなくて」

「あの……」

言いよどんだ僕に、お父さんの手が止まった。その瞳の黒さが、木綿子と同じだと気がついた。

「お母さんのこと、聞きました。大変だったでしょう。一人で子育てするなんて」

「子育てっていうのは、誰がやったって、ゆるぐないものだよ」

大変という意味のその方言を、久しぶりに聞いた。

「一人でやるのは、ゆるぐない。俺は、里のお母さん達にすけでもらったからな。自分の母親にも助けられた。母親っていうのは、えらいもんだよ。あんだも、おふくろさん大事にして」

「はい」

お父さんの言葉の重みに、しみじみと、うなずくよりほかになかった。

木綿子も花を束ねる作業をするのだということで、その日はひたすら本を読みパソコンをいじって過ごした。木綿子が僕を呼びにきたのは、日が傾いて涼しくなってきた頃合いだった。

「見せておきたい場所があるんです」

そう言って木綿子は、家の裏手に向かった。畑の横になだらかな丘があり、そこを登っていく。

丘はきれいに草刈りされていて、登るのにも苦労しなかった。丘の頂上には一本の木があり、里を見守るように悠々と枝を広げている。

「立派な木だね。何の木？」

「ハクモクレンです。春の花の時期は、それは見事ですよ」

この大木の枝に花が咲き誇る様を僕は想像した。里のほうから見たら、丘の上に白い炎が燃えているように見えるかもしれない。

丘の上からは、里の全てが見渡せた。ここからだと手のひらで包めてしまいそうな、小さな集落だ。家がこじんまりとまとまっていて、その周りに田んぼの緑が海のように広がっている。

太陽は沈み始めて、山や家の影が黒々と伸びていた。まだ夕日を浴びている稲が、オレンジ色のさざ波を作り、あちこちの屋根がキラキラと光を弾いている。黒とオレンジだけで、世界ができていた。

「きれいなところだね」

感嘆の声がもれた。どこにでもありそうで、きっとどこにもない風景だ。

木綿子を振り返ると、まるで会話でもするようにハクモクレンの幹に寄り添っていた。

「何、話してるの？」

と思わず聞いて、バカげた質問だなと自分で思う。だけど木綿子は真面目な顔で、一つうなずいてみせた。

「先輩のこと、紹介していたんです」

そうか。本当に話をしていたのか。

「この木には、ある伝説があるんですよ」

そう前置きして、木綿子は話し始めた。

「昔々、ある若者がこの木に向かって願い事をしました。花嫁がほしいと。するとしばらくして、どこから現れたのか美しい娘が男のもとを訪ねてきて、そのままお嫁さんになりました。男は幸せに暮らしていましたが、もう一つ願い事ができました。またこの木に向かって願い事をし、その願いが叶ったとたん、お嫁さんは男の前から消えてしまいました」

木綿子の言葉が途切れて、ヒグラシの啼き声が空間を埋めていった。

どこかで聞いたような昔話だけど、教訓話としては肝心なところが欠けていると思う。

「その、もう一つの願い事って何？」

「それは、秘密です」

「えーっと、お嫁さんの正体は？　ツルの恩返しとか、雪女みたいに、正体がばれたからいなくなったパターンじゃないの？」

「お嫁さんの正体は、このハクモクレンですよ」

木綿子は愛しさすら感じる手つきで、ハクモクレンの幹を撫でた。

「木が？　女の人になったの？」

「木の魂と言えばいいんですかね。とにかくこのハクモクレンは、願い事をしにきた若者に一目ぼれしてしまったんです。彼と添い遂げたい一心で、木から分かれた魂が女の人の姿になり、彼のお嫁さんになったんです」

「まあ……昔話だしね」

「ええ、昔話です」

完全に日が落ちて、草や木の幹の白さだけが目につく。木綿子の顔も白いけれど、どんな表情をしているのかまではわからない。

「でも、私にとっても、この里の人にとっても、この話は生きているものなんですよ」

その口調からは、どうか否定だけはしないでほしいという思いが伝わってきた。信じなくてもいいから、作り話だと切り捨てるようなことはしないでと。

僕は木綿子のそばに立ち、ハクモクレンの幹を撫でた。

「よっぽど、その男の人が好きだったんだね」

僕には、ハクモクレンの声は聞こえない。だけど隣にいる木綿子の気配ならわかる。木綿子の張り詰めていた気配が、ほっとゆるむのが感じられた。

僕は木綿子に、何かを試されたような気がする。

だけど気づかないふりをして、「夕飯は何？」と訊ねた。


翌日も日がな本を読んで過ごした。午後になって花の作業をちょっと手伝おうかと小屋をのぞいてみたものの、素人が手を出してはいけない雰囲気だったので、そっと外へ出た。そのまま気分転換に、散歩に出ることにする。

太陽はしっかりと照りつけてきていた。昼間の太陽の熱だけは、街中と変わらない。ただ、田んぼを吹き抜けて来る風は、やはり別格の涼しさだ。

鳥居の前を通りかかると、上の神社がにぎやかなのに気がついた。祭りは明日だと聞いているけれど、前夜祭のようなものでもあるのかと足を向けてみる。

長い階段を上りきると、何人もの男性達がお社《やしろ》のわきにステージのようなものを組んでいた。その中に見知った顔を見つける。健ちゃんだ。向こうも僕に気づいて、手を止めると近寄ってきた。

「こんにちは。これ、明日の準備？」

「決まってるだろ。あそこで神楽《かぐら》の奉納をするんだよ。祭りの準備のために、俺はわざわざ仕事休んでるんだからな」

「仕事休んでまで、準備しなきゃならないの」

「そうだよ。里の若い男なんて限られてるんだから、俺は貴重な労働資源なんだ」

本人は誇らしげに胸を張っているけれど、僕は大変だなと思うばかりだった。仕事を休んでまで地域の行事の手伝いをしなければならないなんて、それが地方に生きる者の宿命なのだろうか。

「仕事休んでまで祭りの準備とか、バカらしいと思ってるんだろう。都会っ子は」

「バカらしいとは思ってない。大変だなと思っただけだよ。それに、僕は都会育ちじゃないし」

「でも、いなか育ちでもないんだろ。そんなやつが木綿子の婿になんて、なれるわけないだろ」

婿という言葉に、一瞬ポカンとしてしまった。

「婿って、婿養子って意味?」

「そうだよ。大学じゃ、そんなことも教えてくれないのか」

健ちゃんは首に下げたタオルで汗を拭うと、手ごろな石にどっかりと腰かけた。

婿養子って、一体今は何時代だったろう。それとも僕が知らないだけで、よくある話なんだろうか。

「婿養子に入らなきゃ、木綿子とは結婚できないって意味？」

「当たり前だろう。木綿子は一人娘だ。あの家からは、嫁に行くわけにはいかないんだ。お前、兄弟はいるのか？」

「一人っ子だけど」

健ちゃんは勝ち誇ったように笑った。

「俺は兄貴がいるから、いつでも婿にいけるんだ。な？　俺のほうが木綿子のいいなずけにふさわしいだろう」

むっとしたけれど、こんなことで言い合っても無意味だと思って、何も言い返さなかった。

どちらが木綿子にふさわしいかとか、そんなことをここで言い合っても意味がない。一番大事なのは、当の木綿子の気持ちなのだから。

ステージの方から、健ちゃんを呼ぶ声がする。「じゃあな」と片手を上げて、健ちゃんは去っていった。

友人から恋人に進むこともかなわないでいるのに、いきなり婿だ何だと言われるとは思わなかった。そもそも木綿子と交際するには、それが条件だったのかもしれない。

暗い部屋の布団の上で、何度も寝がえりを打ちながら、僕は眠れずに考え続けていた。

木綿子は、恋人は作らないと決めていると言った。結婚するには婿養子に入ることが条件で、そのことを前提に相手を選ばなければいけないからだろうか。このままでは、健ちゃんに負けてしまうという焦りと不安が、いっそう眠りを妨げた。

木綿子と結婚するためには、この里で暮らさなくてはならない。きっと家業を継いで一緒に農業をして、生計を立てていくのだろう。

そのイメージが、どうやってもわかなかった。里全体が親戚のような、そんな濃密な人間関係の中で、やったこともない農業をしながら、男手が必要と言われれば手を貸す毎日。

そんな生活が、僕にできるのだろうか。

翌日は朝から里のあちこちで、鉦《かね》に太鼓に笛の音というお祭りらしい音が聞こえてきた。

「かどうちの音ですよ」

と木綿子が教えてくれる。

「かどうち？」

「各家を回って踊りを見せて、奉納金を受けとっていくんです。昔より団体の数は減ったので、今は三つの団体が回ってますね」

ハロウィンみたいだな、と思った。

待っていると、花守家にもかどうちがやってきた。踊り手は子供達で、花巻で見た鹿踊《ししおど》りに似た格好をしている。銀紙を張った角に、獅子舞のように歯をむき出した鹿。毛の部分はビニールひもを細かく裂いたもので、手作り感にあふれている。

三匹でピョコピョコ跳ねたり、垂らした布をヒラヒラさせたりと、子供ながらのかわいらしい踊りを楽しませてもらった。

次にやってきたのは権現《ごんげん》様だった。獅子舞とほぼ同じに見えるけれど、こちらはそう呼ぶらしい。奉納した米を家の前にまきながら、盛大に頭を鳴らして去っていった。

三番目に現れたのは健ちゃんのいる集団だった。健ちゃんは踊り手で、ヒラヒラした着物にひざ丈の袴を身に着け、この暑いのに黒ストッキングを履いている。

木綿子がお盆と奉納金の入った封筒を差し出すと、健ちゃんともう一人の若者が踊り出した。

健ちゃんは抜き身の剣（もちろん飾り物だ）を両手で捧げ持ち、神妙な顔で舞い始める。今までに見てきた健ちゃんの慌ただしい動きは身を潜め、ゆったりとしたしなやかな舞だった。

二人が息を合わせて回ると、たすき掛けした三色の帯が動きに合わせて広がる。その赤と水色と黄色とが、緑に包まれた世界に美しく映えた。

午後になると、いよいよ神輿《みこし》のお通りとなった。神社を出発した神輿は里の男達に担がれて、通りを一周していく。男と言っても中にはおじいちゃんと言える年齢の人も混じっていて、木綿子のお父さんも参加している。

その前後を守るのはかどうちにも訪れた神楽の団体だった。それぞれのお囃子《はやし》の音に合わせて、垂れ布をヒラヒラさせながら跳ねたり、頭を鳴らしたり、剣舞を舞ったりした。

色とりどりの衣装や、旗や幟やらが風になびいて、緑に埋もれた里がこの瞬間だけは極彩色に包まれていた。お囃子の音が日本人のＤＮＡをくすぐるのか、聞いていると自然と心が浮き立ってくる。

通りに並んで見守るのは主に女性と幼児と超高齢者で、動ける男子はみなお祭りに駆り出されるということらしい。女性も子供達はみな踊り手になっているし、木綿子もこの後、今夜の宴会のための料理作りに行くということだった。

（これが、共同体で生きるっていうことなんだろうなあ）

お祭りの行列の後についてそぞろ歩きながら、ぼんやりと僕は思った。

みなで同じものに取り組み、同じ空気を共有して楽しむ。だけど裏を返せば、参加したくないものはここにはいられないということだ。

今の僕にできるのは、お客さんとして精一杯お祭りを楽しむことだった。

祭りの行列は里を一周し、神社へと戻っていった。神輿は階段を上がれないようで、山の下の蔵の中に収められた。

広い境内にはぼんぼりが灯り、幾つか並んだ屋台に子供達が群がっている。ステージでは神楽の演目が続き、それが次第に地元のお母さんの民謡ショーになり、コーラスグループが登場し、最後には帰省中のどこかの息子さんのバンドのライブになっていた。

気がついた時には僕は、健ちゃんに引きずられるまま、里の集会所で行われる宴会に放りこまれていた。里の男衆に囲まれて、まあ一杯まあ一杯と、ビールを勧められ、木綿子との仲を根ほり葉ほり聞かれ、酔っぱらった健ちゃんに頭をどつかれた。

そして次に気がついた時には、僕は木綿子の家のいつもの部屋で、布団に横になっていた。

どうやってここまで来たのだろうと考えていると、引き戸が開いて水を持った木綿子が入ってきた。

「起きましたか？　健ちゃんが送ってきてくれたんですよ」

「健ちゃんが？　もしかして、おぶってくれたの？」

「先輩、飲み過ぎて倒れちゃったそうなんです。ごめんなさい。この辺の人達ってお酒が入ると度を越しちゃうから、しつこく勧められたんでしょう？」

「ああ、やっちゃったなあ」

健ちゃんに貸しを作ってしまった。

木綿子の表情は、何だかかげって見えた。

「心配しないで」

思わずそう言っていた。

「僕はこの里が、好きだよ」

共同体としてのいい面も悪い面も、さわりに過ぎないだろうけど、見ることができた。その上で、ここが好きだと思えた。

「来年のお祭りも、見に来てもいい？」

「もちろんです。じゃあ、約束」

薄闇の中に、木綿子の細い小指が浮かび上がる。自分の小指をそっとそれに絡ませた。

第五章　レースフラワー

受験勉強のかいあって、僕は無事に大学院に進学できることになった。もう二年は、今の生活を続けられるわけだ。

また冬が来て雪が解け始めると、柳の枝に小さな芽が並び始めた。光に輝くそれは宝石の粒のようで、日増しに緑を増していく。一週間もすると、ペリドットの粒を連ねた玉すだれのようになった。この時期、空間を彩るのは主に柳の緑色だ。野原にも草の芽が伸び、気がついた時には誰かが塗り絵したように緑で染められている。

最終学年になった木綿子は、院には進まずに、卒業したら家に帰って農業をするともう決めてしまっていた。今年は今までしてきた研究の成果をまとめて、卒業論文を書き上げるのだという。

木綿子のしていた研究は、リンドウの新しい品種を作るというものだった。木綿子は気の早いことに、その新品種に、『イーハトーヴォの空』という名前まで用意していた。宮沢賢治のポラーノの広場からとったものだと言う。

「あのイーハトーヴォのすきとおった風、夏でも底に冷たさをもつ青いそら」

木綿子はそうそらんじてみせてくれた。

「この、底に冷たさをもつ青いそら、これなんです。この色をリンドウの花で再現してみたいんです」

理工学部の僕には、夢のような話に聞こえたが、木綿子は思い通りの色を出そうと、リンドウの品種を掛け合わせ、根気よく育て続けていた。まだすぐに実現しそうにはなかったが、大学を卒業してもこの研究だけは続けるつもりなのだそうだ。

木綿子にとっては、盛岡在住最後の年だった。僕達が近くにいられるのも、この一年しかないのだ。幸い木綿子は就職活動はしなくてすむので、時間の許す限り二人で過ごした。僕の借家の鉢植えは五個に増え、僕の部屋の台所には大きめの鍋や皿や、調味料が増えた。

二人ともが論文に向き合うのに行き詰まると、息抜きに遠出しようかとなった。レンタカーを借りて、幾種類もの花が植えられたフラワーガーデンに足を運んだり、夏の終わりに広大なヒマワリ畑も見に行った。

木綿子がお気に入りだというお店にも、一緒に行った。松ぼっくりという名のジェラート屋さんだ。盛岡の隣町にあるお店なのだが、田んぼばかりが広がるような場所に、突然多くの車で賑わう場所があって驚かされた。そこがそのジェラート屋さんだった。

店の前には見たことがないほど長い行列ができていて、また驚かされた。メニューは季節ごとに変わるようで、僕は塩味の海のジェラートを、木綿子は散々悩んだ末にトマトとゴマを選んでいた。

二人でそれぞれの味を比べながら、ベンチに並んでジェラートを食べた。店の周りにはカラマツ林が整備されていて、青々とした葉の上に青空がのぞいていた。

なめらかな口どけのジェラートは、舌の上に冷たさとほのかなしょっぱさとを残して、雪のように溶けていった。

もちろん約束通り、今年も木綿子の里へ泊まりに行き、お祭りにも参加した。法被《はっぴ》を着て神輿の後ろを歩くだけという形だったけど、今年は参加が許されたのだ。

木綿子と過ごす日々が幸せであればあるほど、これから僕達の関係はどうなるんだろうと考えずにはいられなかった。木綿子が実家に帰り、僕は盛岡に残り、それでも友人関係を続けていけるのか？　僕が大学院を卒業したら、どうなる？　わからないといえば、木綿子の気持ちもそうだった。休日になるたび僕と一緒に過ごし、僕の気持ちを拒絶しないばかりか、甘えるような態度も見せる。僕らの関係は世間一般の基準に照らし合わせれば、恋人同士と言っていいものであるはずだった。それなのに相変わらず木綿子は、僕とは友人だと言い張るのだった。

悶々としながらも、何も行動に移せないでいるうちに、木綿子は卒論を書き上げて無事に卒業式の日を迎えた。

式が終わるのを外で待っていると、たくさんの学生が建物から吐き出されてきた。慣れないスーツ姿の男子達に、振袖に袴姿の女子学生達。その中で光が当っているような、木綿子の姿を見つけた。

木綿子は僕に身振りで、少し待っていてと伝えてきた。成人式に着た振袖に、紺色の袴を着けている。髪はサイドを上げて、大きなリボンを着けていて、明治時代の女子学生そのものだ。

木綿子は友人達との別れを惜しんで、写真を撮ったり抱き合ったりしていた。集合写真を撮り終えると、僕の方に向かってくる。

「お待たせしました」

「卒業おめでとう」

僕は抱えていた花束を渡した。バラにしようかガーベラにしようかと花屋で悩んだあげく、早咲きのユキヤナギの枝を包んでもらった。どうしてだか木綿子には、木に咲く花が似合う気がする。

「わあ、ユキヤナギ。ありがとうございます」

花束を抱え上げると、木綿子の頬にユキヤナギの白が寄り添う。思ったとおり、よく似合っていた。

木綿子が植物園を歩きたいと言ったので、二人でそちらに向かった。木綿子は途中で草履《ぞうり》を脱ぐと、スニーカーに履き替えていた。用意がいいんだなと感心したけど、この時期は雪解けでどこもぬかるんでいるから、準備していて当たり前なのかもしれない。

袴のすそを汚さないよう気をつけながら、木綿子はゆっくりと植物園を回っていった。スイセンやチューリップやヒヤシンスの芽に、頑張って咲くようにと声をかけ、モクレンの花芽に魔法でもかけるように触れた。

日当たりのいい場所に、たった一輪フクジュソウが花開いていた。まるで木綿子の門出を祝福するように。その花の前で、木綿子はしばらく動かなかった。

僕にとってもこの植物園は、木綿子との思い出にあふれた場所だった。ここでたくさんの花の名を教わり、花と共に季節を待ちわびる心も教わった。

「リンドウの様子を見に、ちょくちょく大学に来る予定ですので」

木綿子は明るくそう言うが、不便な交通事情を思うと、そう頻繁には来られないだろうことは察しがついた。

僕が恐れていた日が、とうとうやって来たのだ。物理的な距離に阻まれてしまったら、関係性に何の保証ももらっていない僕に、なすすべはない。

これが最後のチャンスだという思いで、僕は言った。

「木綿子。僕と結婚前提に、付き合ってほしい」

木綿子は一瞬、顔を輝かせた。明らかな喜びの表情だった。だけど次の瞬間には、しまったという風に感情を閉ざしてしまった。

「私、恋人は作らないと決めているんです」

いつかと同じ文句を、木綿子は口にした。必死で感情を押し殺しているようなその顔は、僕には泣いているように見えた。

「どうしてなのか、教えてほしい」

「言えません」

「君と結婚するには、婿養子に入るのが条件だから？　それなら……」

「ちがいます！」

木綿子らしくない鋭い口調が、僕の言葉をさえぎった。

「ちがいます。婿養子とか、そんなの、正直些細なことです」

木綿子の頬を、涙が一滴伝っていった。花びらに置かれた朝露のようなそれに、僕は次の言葉を続けられなかった。


木綿子のいない春がやって来た。花は次々に咲いていくのに、それを木綿子に教えてやることができない。一緒に眺めることもできない。その味気無さといったらなかった。

桜でもナノハナでも、見れば思い出すのは木綿子の言葉や笑顔だった。友人達と花見をしていても心は空虚で、木綿子は今頃何をしているだろうかと、それればかり考えていた。

電話やメールのやり取りは続いていた。だけど就活の始まった僕と、朝の早い木綿子の生活はなかなか噛み合わず、電話でのんびりと会話することもままならない。そして、電話で声を聞いてしまうと、会いたいという思いがつのってしまうのだった。

就活は盛岡を中心に、仙台や青森辺りまでを候補に入れながら行っていた。説明会に参加したり、エントリーシートを送ったり、面接に行ったり、そんな毎日を送りながら、ふとこれでいいんだろうかと考えてしまう自分がいた。

このままではどんどん、木綿子と進む道が離れていってしまう。分かれた道を進んでいく、自分と木綿子の後ろ姿が目に見えるようだった。

今年も柳の綿の飛び交う季節になり、木綿子と行ったスーパーの裏を訪れてみると、あの時と同じように白いまるまるとしたものが転がっていた。だけどそれを見て、一緒に笑い合える人は隣にいない。

本当にこのままでいいんだろうか。このまま盛岡か他の街で就職して、木綿子と離れて生きていくことが僕の幸せに繋がるんだろうか。

もう一つの生き方があるという考えは、常に頭の片隅にちらついていた。だけどそれを決断するには、木綿子の気持ちが何よりも重要になる。

迷いながらも毎日やるべきことは押し寄せてきて、いつの間にか梅雨の季節になっていた。僕は書類選考を通った企業への面接のため、スーツを着こんで駅へと向かう途中だった。

柔らかな雨がカサを濡らしていた。雨音はせずに、そっとカサに溜まっては、時々雫となって落ちていく。

大通りに出る一本道にさしかかった時、辺りを埋め尽くす白い花の存在に気がついた。レースフラワーだった。細かな葉の上に透明なビーズのように雨粒が載り、白い花も雨の膜に覆われている。

『雨上がりがきれいですよ』

ささやくように言った、木綿子の声がよみがえった。

本当にきれいだった。雨の中静かに立ち続ける花の姿は、そのまま木綿子の姿に重なった。

その瞬間、僕は覚った。木綿子のいない人生など、僕には何の価値もないのだと。木綿子があの里で生きると決めたのなら、僕が覚悟を決めるしかない。

僕は予定通り駅へと向かい、だけど面接会場とは反対方向へと向かう電車に乗った。長い時間電車に揺られ、降り立った駅で面接予定だった会社に、辞退の電話を入れた。

その後、もう一本電話をかける。実家に向けてだった。

「ああ、母さん。突然だけど、今日の夕方、そっちに行くから。ご飯はいらないよ。大事な話があるんだ」

一方的にそれだけ言って、母に何かを問われる前に切ってしまう。夕方になるまで駅前で時間をつぶしながら、頭の中で話す内容を考え続けた。

ようやく父の仕事が終わる頃合いになって、僕はバスに乗って実家に向かった。スーツを着て突然帰ってきた僕に、母はいぶかしげな表情をしていた。

「どうしたの、あんた。就活で何かあった？」

「父さんは？」

「そろそろ帰ってくるはずだけど。ご飯食べていってよ。用意するから」

父は市役所に勤務していて、大抵同じ時間に帰って来る。父が戻ってくるまで、僕はリビングに正座したまま、物も言わずに固まっていた。

「何だ、温人。帰ってきてたのか。どうした。何かあったのか？」

帰ってきた父の心配げなその声に、思わず決意が鈍りそうになった。

「今日は、二人に報告があって来たんだ」

あえて固い態度を崩さずに、僕は床に正座したまま両親に向き合った。

「結婚したいと、思っている人がいる」

「まあ」

母がうれしそうな声を上げた。頼むから喜ばないでくれと、僕は心で叫ぶ。

「その人は、一緒に来なかったの？」

「まだ、彼女とは、結婚の約束を取りつけていない」

「どういうことだ？」

父が、怪訝そうに眉根を寄せた。

「彼女は、農家の一人娘で、結婚するにはその家に婿入りするのが条件なんだ」

母が空気を呑む音がした。

「だから、先に父さんと母さんの許可をもらいに来た。どうか、僕が婿入りするのを許してください」

「だめに決まってるでしょう！」

叫んだのは母だった。下げていた頭を上げると、顔を真っ赤にして涙を滲ませて、母が金切り声を上げていた。

「あんただって、うちのたった一人の息子なのよ。苗字を変えるって言うの⁉

この家を捨てるって言うの⁉」

「落ち着きなさい、母さん」

「だって、だって、婿養子に行くなんて、何のために今まで育ててきたと思ってるの！　いい大学を出て、いいところに就職してくれればって思ってたのに。あんたは、親を捨てるつもりなの⁉」

母のあまりの剣幕に、僕は言葉をなくした。婿養子に行くということが、どうして親を捨てるなんて考えになってしまうのだろう。

「ちょっと、黙ってなさい、お前は」

父が低い声で言って、やっと母の金切り声が収まった。その代わりに、押し殺した泣き声が響き出す。

「婿養子に行って、仕事はどうする気なんだ？」

「彼女の家が、花卉農家をやってるから、一緒にその仕事をするつもり」

「その人の家は、いなかのほうか？」

「うん。岩手山に近い方の、小さな集落」

「農業だけで食べていくのは大変だぞ。いなかでよそ者が生きるのはもっと大変だ。就活なんかより、ずっとな」

父の目が鋭く光ったような気がした。

「僕は別に、就活が嫌になって、こんなことを言い出したわけじゃない！」

「それなら、どういうわけで言い出したんだ」

僕は木綿子との出会いや、今までの関係性を言葉を尽くして説明した。木綿子の家や、お父さんの様子や、お母さんが亡くなっていること。里の様子。木綿子のいない人生など、僕には価値がないということ。

「その、木綿子さんか。その人に結婚を断られたら、どうするんだ？」

それは、考えていなかった。というか、考えないようにしていた。

「その時は、きっぱりあきらめて、就職先を探す」

「そうか。母さん、何か言いたいことはあるか？」

やっと発言が許されて、母は真っ赤な目で訴えてきた。

「あんたにいなか暮らしなんて無理に決まってるでしょ。婿入りなんてしたら、絶対に後悔するわよ。いい就職先見つけて、それからお嫁に来てくれる彼女を見つければいいじゃない」

「木綿子じゃなきゃ、だめなんだ」

「じゃあ、その人をここに連れて来なさい。母さんが話をつけてあげる」

　こんな感情的になっている母に、木綿子を会わせられるはずがない。一方的に木綿子が悪者にされて、ののしられるのは目に見えていた。

「僕は、二人に何と言われても、木綿子さえ受け入れてくれるなら、婿入りする覚悟なんだ。婿入りしたって、二人が僕の大事な親であることは変わらない。だからどうか、許してください」

「許さない」

　父の毅然とした声が、部屋に響いた。

「それでも婿入りしたいと言うのなら、親を捨てて行け。二度とこの家の敷居をまたがないくらいの覚悟がなくて、婿なんか務まるか」

「お父さん、そこまで言わなくても」

「だめだ。今、ここで選びなさい。木綿子さんか。親か」

　刀の切っ先を目の前に突きつけられているようだった。それほどに、父の言葉にも目つきにも静かな気迫が満ちていた。

　ずっと市役所で仕事をしてきて、自治体で役員もしている父だ。多くの人と関わって、経験を積んで、僕の何倍も世間を知る人だ。その父が、それくらいの覚悟と言った。

親も家も捨てる覚悟がなくては、やっていけないような世界に、僕は行こうとしているのだ。

自分の人生において、一番残酷な二者択一なのはわかっていた。彼女を選ぶか。両親を選ぶか。

アルバムの写真をいっせいにばらまいたように、たくさんの思い出が頭の中で再生された。

おもちゃの車に乗って、庭で遊んだこと。転んだ僕をすかさず母が抱き上げて、痛いの痛いの飛んでいけと言ったこと。

入学式にランドセルを背負って、父と母にはさまれて小学校まで歩いて行ったこと。

拾ってきた子犬を飼えないと言われて、大泣きしたこと。母が知り合い中に掛け合って、飼ってくれる家を見つけてくれたこと。後から父が、ひどい犬アレルギーだと教えてくれたこと。

どこにでもある普通の家で、普通の親で、だけど僕にとってはただ一人の、かけがえのない父と母で。

それでも、僕は、僕は……。

胸の底にある、フクジュソウのような、木綿子の笑顔。僕が今選びたいのは、それだった。

「木綿子の家に、婿入りさせてください」

頭を下げて、僕は言った。頭を上げないまま、父の声を受け止めた。

「わかった。温人。お前を勘当する」

「やめて！　お父さん」

悲鳴のような声を上げて、母が僕にすがりついてきた。

「温人、お願い。考え直して。ねえ」

「ごめん、母さん。元気でね」

母の手を振りほどいて、逃げるように家を後にした。玄関を出て、大学に入るまで過ごした家を見上げる。

どんな時でも、ここに帰って来られるという安心感があるから、頑張れた。中学で友人との仲がこじれた時も。塾でこのままの成績だと、志望校は厳しいと言われた時も。一人暮らしを始めて孤独だったあの日々も。

「フキの煮物、もう一度食べたかったな」

母親の手料理で、一番に思い浮かんだのがそれだった。一人つぶやくと、涙が頬を伝っていった。

電車で盛岡に帰ると、木綿子宛てにメールを送った。明日、家に訪ねていくというものだ。「どうしたんですか?」と返信があったけれど、何も返さなかった。

次の日の朝、レンタカーを借りると、僕は木綿子のいる里へと向かった。約二時間のドライブを経て、もうすっかり見慣れた里へとたどり着く。

木綿子の家の庭には、白いアジサイのような花が盛りだった。垣根の上にこんもりと花を咲かせていて、風にハラハラと散っていく。

「スノーボールです」

僕の顔を見るなり、木綿子は花の名を教えてくれた。

「何かありましたか? 突然でびっくりしました。大事な面接は、もう終わったんですか?」

「うん、その面接なら、辞退しちゃった。お父さんと、お話しさせてもらえないかな」

木綿子は驚いた顔をし、怪訝そうに僕の表情を窺い、それでも家の居間へと僕を通してくれた。

「本当です」

「でも、これくらいの覚悟を見せなきゃ、木綿子は本当の気持ちを話してくれないだろうと思ったんだ」

ひときわ強い風が吹いて、スノーボールの花びらがいっせいに空に舞い上がった。季節外れの雪のように僕らの上に降り注いでくる。木綿子の濡れた頬に、その一枚が貼りついた。

手を伸ばして、花びらをつまむ。そのまま手の甲で、木綿子の涙を拭った。

「わかりました」

頭を振って、髪についた花びらを落とすと、木綿子は毅然と顔を上げた。もう泣いてはいなかった。何かの覚悟を決めたのが、僕にもわかった。

「お話しします。私と、花守の家についてのことを」

「ついてきてください」と言って、木綿子は先に立って歩き始めた。どうやら家の裏手にある、丘の上を目指しているようだった。

丘は相変わらずきれいに草刈りされていた。ハクモクレンの木は里を包みこむように枝を広げていて、雨続きのおかげで葉は瑞々しく輝いていた。

木綿子はいつかと同じように幹に手をついて、会話をするように木に寄り添った。しばらくそうしてから、僕を見つめる。

「里の人はこの木を、花神様と呼びます」

「花神様？」

「この木が里の守り神だと、里の人は信じているんです」

「守り神か。もしかして、この木や丘の手入れをするのが、花守家の役目？」

「そうです。私は花神の子孫ですから」

さらりと木綿子が言って、思わず聞き流すところだった。

「子孫って、誰が、何の？」

「うちの一族は、このハクモクレンの子孫なんです」

何を言われているのかわからなくて、思考が停止状態になってしまう。

「以前お話ししましたよね。この木にまつわる話」

昔々と木綿子が語ってくれたのは、二年前の夏のことだった。

「ハクモクレンが女の人に姿を変えて、お嫁さんになったたって話だろ」

「そうです。あれはね、ただの伝説じゃないんです」

幹についていた手をギュッと握りしめて、木綿子は言った。

「本当に、あったことなんですよ」

冗談と笑い飛ばすことはとてもできなかった。僕を見つめる木綿子の顔が真剣すぎて。

「木の魂が人の姿をとって、お嫁さんになったたっていうのが？　本当にあった話？」

「そうです。だって私が、ここに実在するんですから」

よく知っているはずの木綿子が、その瞬間理解できない存在になってしまった。

「ハクモクレンの娘は、男との間に子供を残していったんです。その子供の子孫に当たるのが、私です」

木綿子はいつしか、泣きそうな顔になっていた。

「信じられませんか？　ですよね。私だって普通の家で育っていたら、とても信じなかったと思います、こんな話。でも、でも」

見たことがないほど顔をゆがめて、語気を強めて、木綿子は続けた。

「先輩だって見ましたよね。ツツジの虫こぶに入っていた、結婚指輪。ドングリから育ったミズナラが覚えていた、タケちゃんのメッセージ。普通の人間にそんなことが、わかりますか？　植物が周りにないと体調崩すなんて、そんなの普通の人間じゃないですよね。私は、私は」

気がつけば、木綿子の頬を幾筋もの涙が伝っていた。

「私は、普通じゃないんです。ハクモクレンの娘なんだから」

叫ぶように言った木綿子の声が、僕の胸を打った。

信じられないと言う気持ちの裏で、腑に落ちると思ったのもまた事実だった。虫こぶの中に入っていた指輪を見つけられたのは、どうしてなのか。ツツジの気持ちまで代弁できたのは、どうしてなのか。僕の落とした紙袋の中身を、当てられたのはどうしてなのか。メッセージカードの内容まで知っていたのはどうしてなのか。

そう考えてみれば、全ての不思議に説明がつく。

信じられないという言葉さえ、捨ててしまえば。

「君には、植物の声が聞こえるんだね」

まるで、花と言葉を交わしているみたいだと思ったことが何度もあった。木綿子にとってなじみの花や木は、家族や親友のような存在だとも思っていた。

「やめて！　だめです。信じちゃ。こんなことに、先輩を巻きこむわけにはいかないんです」

木綿子は取り乱したように、頭を振った。

「もう、帰ってください。私のことは忘れて、普通に就職して普通の人と結婚して、ご両親とも仲直りして、孫を抱かせてあげてください。もうこんなこと、私の代で終わりにするって決めたんです」

「だから、恋人は作らないって、決めていたの？」

「そうです。私と結婚したって、何一ついいことないんですから」

木綿子の顔は涙で濡れてぐしゃぐしゃだった。目元は赤く染まり、髪が頬に貼りついてしまっている。

「一生、独り身で生きていくって、決めたんです」

そう言って肩を震わせる木綿子を、抱きしめずにいられなかった。

「自分がどんな出自の人間なのかとか、婿養子がどうとか、そういうのいったん全部棚に上げてしまって、その上で教えてほしい。木綿子が僕をどう思っているのか」

木綿子は涙目のまま、僕を見上げた。

「言えません」

鼻声の答えを聞き取るのに苦労した。

「どうして?」

「言えません」

「うそでも、僕が嫌いって言えない?」

口ごもる木綿子を見て、僕の思いは確信に変わった。

木綿子は隠し事ができても、うそはつけない人間なのだ。

「僕のことが好き?」

ささやくようにたずねると、木綿子の唇が固く結ばれた。

「言って」

「言いません」

「どうして」

「先輩、きっと後悔します。私と出会わなければよかったって」

どうして木綿子がそこまで頑なになるのか、僕にはわからなかった。

「後悔なんて、僕は絶対にしない」

「誓えますか?」

「誓うよ」

木綿子と出会ったことを後悔するなんて、自分にそんな日が来るなんて、僕には想像もできなかった。

たとえこの里でよそ者扱いされても、耐えてみせる。

今ここで木綿子をあきらめることが、僕にとっては何よりの後悔となるに違いなかった。

「私、ずるい人間なんですよ」

僕の腕に包まれたままで、木綿子は言った。

「本当は、ずっとずっと前から、先輩のことが好きでした」

何かをあきらめるように、木綿子はそう口にした。

「先輩に好きだって言ってもらえて、すごくうれしかったのに、私はそれに応えることができませんでした。友人だって言いながら、彼女みたいに甘えてみせたりして、私ずるいなあって何度も思いましたよ」

木綿子の腕に力がこもって、ギュッと僕を抱きしめ返した。

「好きです。温人さん」

木綿子に名前を呼ばれたのは、その時が初めてだった。聞き慣れているはずの自分の名前が、特別な楽器で奏でられた美しい音のように思えた。

「私と、結婚してくれますか？」

望んでいた言葉をもらえたことに、幸福すぎてめまいがした。

「もちろん」

木綿子の頬の涙を指でぬぐって、そっと口づけた。木綿子との初めてのキスは、涙の味がした。

見守るハクモクレンが、かすかに枝を揺らした気がした。

第六章　リンドウ

木綿子との結婚が決まったことを健ちゃんに報告すると、彼は目をむいて「うぎゃー！」と獣めいた叫び声を上げた。そのまま何やらわめきながら木綿子の家を飛び出していって、とうとう戻ってこなかった。

その夜はお父さんと結婚に向けた具体的な話し合いをした。まずは婚約という形にして、僕が大学院を卒業したらここへ婿入りすることが決まった。

いつもの部屋に泊めてもらい、朝ご飯を食べてそろそろ出ようかと思っている時だった。健ちゃんがのっそりと、玄関に現れた。一晩中泣き明かしたのか、赤い目に腫れたまぶたをして、ゾンビのようによろよろ体を動かすと、僕の肩をつかんだ。

殴られるだろうかと、僕は思わず身がまえた。

「婚約おめでとう」

震える声でそう言うと、健ちゃんはガバッと僕に抱きついてきた。

「木綿子を、お願いします」

語尾が震えて、そのまま泣き声になった。大の男にしがみつかれたまま泣かれてしまって、僕は途方に暮れながら傍らの木綿子を見つめるしかなかった。

木綿子も困ったように眉を下げて、よしよしと口を動かしてさするような仕草を見せる。

仕方なく手を動かして、母親が子供にするように健ちゃんの背中をよしよしと撫でた。健ちゃんのほうが僕より背も高いしがっしりしているのだから、傍から見たら異様な光景だろう。

それでも、僕の肩に顔を埋めてむせび泣く健ちゃんの姿に、申し訳ないと思うと同時に感謝の気持ちが湧いてきた。

こんなに泣くほどこの人は、木綿子を愛してくれたのだ。そして僕に、木綿子を託してくれたのだ。

「木綿子のこと、必ず幸せにするから」

「本当だな」

「約束する」

やっと健ちゃんは僕から体を離した。木綿子が手渡したティッシュで盛大に鼻をかみ、時計を見ると「やべー、遅刻する」と風のように玄関を出て行ってしまった。

その健ちゃんの後ろ姿を、頼りない弟を見守る姉のような顔で見送って、木綿子は僕を見た。

「あの、一ついいですか？」

「うん、何？」

「幸せって、するとかされるとか、ちょっと違うと思うんですよね」

勢いで、木綿子を幸せにすると口にしてしまったけれど、確かにその通りかもしれない。幸せにするというのは、僕の勝手な独りよがりになりかねない。

「私は温人さんと一緒に、幸せになるんです」

なるの部分に、力をこめて木綿子は言った。

自分の体も心も、温もりに包まれるのがわかった。

「そうだね。一緒に幸せになろう」

大学に戻ると、担当教授やら友人達やら就職の相談に乗ってくれていたキャリアセンターの職員やらに、就活をやめる旨を告げて回った。当然その理由も問われるので、正直に農家に婿入りすると言うと、口をそろえて無茶だと言われた。

就活の心配はなくなったけれど、まずは当座の生活の心配をしなければならなかった。今までは生活費の半分は親からの仕送りに頼っていたのだ。勘当されたからには、もう頼るわけにはいかない。今までやっていた家庭教師のバイトを増やして、どうにか卒業までを乗り切ることにした。

バイトで生活費を稼ぎながら、修士論文に取り組むのはなかなか厳しい環境だった。本当は木綿子に婚約指輪を渡してやりたいところだが、この状況では無理そうだ。

院での活動と、バイトとの兼ね合いに苦心していたある日、郵便配達員が書き留めを届けてくれた。実家からのもので、中を見ると今までどおりの額の仕送りが入れられていた。

勘当されたのに受け取っていいんだろうかと悩んでいると、父親からメールが届いた。

『院を出るまで、仕送りは続ける』

たったそれだけの文章だった。ありがたすぎて、思わず封筒を手ではさんで拝んでしまった。

勉強に支障が出ない程度にバイトをして、どうにか三か月分の貯金で小さな石のついた指輪を買うことができたのは、秋のことだった。

リンドウの様子を見に大学を訪れた木綿子と植物園で待ち合わせて、僕はうやうやしく指輪を差しだした。

「わあ、きれい」

木綿子の左手の薬指に指輪をはめると、九月の陽光にそれはキラキラと輝いた。

修士論文は無事に審査を通り、僕は晴れて院を卒業することになった。六年暮らした借家ともお別れだ。

両親とは業務連絡的なメールだけで、何とか繋がっている状態だった。借家の解約に必要な書類にサインしてもらったり、実家に置いたままにしてある荷物を送ってもらったりした。

引っ越しは自分達だけでやることにして、木綿子が荷物をまとめるために来てくれた。

「これ、何ですか？」

居間のテーブルの上に置かれた見慣れない花瓶を指さして言う。水色の地に白いユリの絵が入ったガラス製のものだった。

「隣のおばあちゃんから。僕の卒業祝いと結婚祝いだって」

「きれいですね。後でお礼に伺わないと」

木綿子は食器類を新聞に包みながら、手際よく段ボール箱に詰めていってくれる。入り口近くに箱を置きにいって、「これは？」と他の箱をのぞきこんだ。

「ああ、実家から送ってもらった荷物」

卒業証書やらアルバムやらが詰まっている。

「ちょっと見てもいいですか？」

「いいよ」

木綿子はアルバムをめくり出した。小さな僕の姿に目を細め、家族写真を何とも言えない顔で見つめている。最後までアルバムをめくって、「これがお家ですね」とつぶやいた。

「え？」とアルバムに目を落とすと、覚えのない一枚が貼ってあった。我が家の全体図を写したもので、アルバムの一ページを丸々埋める大きさだ。表札の谷村の文字が、妙に黒々と目立ってみえた。

「父さんの、仕業かな」

二度とこの家の敷居をまたがないくらいの覚悟がなくて、婿なんか務まるか。そう言ったのは、他ならぬ父さんだ。二度と行けない場所だから、せめて写真だけでも、と思ってくれたのだろうか。

「私は、ご両親には、会えないんですね」

寂しそうに木綿子が言った。自分のせいで、と思っているのだろうか。

「結婚式に来てくれないか、頼んでみるよ」

時間が経てば父の態度も、変わっていくかもしれない。その希望にかけるしかなかった。

箱の中身を確かめていた木綿子が「あ」と声を上げた。箱の底から、茶色い封筒を取り出す。表には「ゆうこさんへ」と書かれていた。裏を返すと、母の名前が書かれている。

「母さんからだ。何だろう」

「開けてみますね」

木綿子は封筒を開けて、一枚の便せんを取り出した。さっと読んで、僕から隠すようにする。

「何が書いてあった？」

木綿子に対しての文句でも書き連ねてあるんじゃないかと、気が気ではなかった。だけど当の木綿子の表情を見るかぎり、それほど悪い中身ではないようだ。

「秘密です」

「え、何で？」

「これに、そう書いてあるんです。温人さんには秘密にするようにって」

「えー、何だよそれ」

知らず知らず、子供のようなふくれっ面になってしまった。

「子供ですか」

木綿子が笑いながら僕の頬をつまむので、僕も笑ってしまった。

「さあ、荷物まとめましょう」

木綿子にポンポンッと肩を叩かれて、僕は不要物の選別作業に取りかかった。

明日にはレンタルした小型トラックに荷物を積みこんで、里へ向かわなくてはならないのだ。

無事に引っ越しが終わり、四月の下旬に僕と木綿子の結婚式が執り行われることに決まった。両親には何度か出席してくれるよう頼んでみたものの、欠席の返事が来ていた。

式の準備で僕がしたことと言ったら、紋付き袴の試着をしたくらいだった。里の全ての人が式に出席してくれるそうで、宴席の料理は女性陣が手配したり作ってくれたりするのだそうだ。

「婿殿は、ねまってればいいから」とは、義父の言葉だ。

結婚式と言っても、どこかの式場を借りて行うのではない。参加するのも全てこの地域の人なので、招待状もいらない。宴会は地域の公民館の広間で行うのだそうだ。

式当日はよく晴れて、日差しは温かかったけれど、まだ風には雪解け水のような冷たさが混じっていた。

僕は前日から健ちゃんの家に泊まりこんでいた。そういうしきたりなのだそうだ。

着つけに来てくれたどこかのおばあさんに言われるまま、足袋《たび》を履いたり襦袢《じゅばん》を着たりして、合わせが逆だと叱られたりした。

着物に袴、羽織まで身に着けて鏡の前に立つと、ドラマなんかで見たことのある、和装の花婿姿になっていた。

「用意できたか？」

と顔を覗かせたのは健ちゃんだ。今日はお兄さんも一緒だった。健ちゃんをもう少し草食系にしたような人だ。

「よし、いいな。では、行こうか花婿殿」

そう言うと、健ちゃんはいきなり僕の頭に布をかぶせた。

「わっ、何すんだよ」

「静かにしろって。これもしきたりなの」

一瞬、健ちゃんが式を阻止するために、僕をどこかに押しこめる気なのではないかと、嫌な考えが浮かんだ。だけどお兄さんが落ち着いた声で案内してくれたので、すぐに疑念は晴れた。

「はい、ここに座って、今草履を履かせるから」

玄関の上がり框《かまち》らしき場所に座らされ、草履を履かせてもらう。立てと言われて立ち上がり、慣れない草履に視界がまったくきかないという状況で外に出された。

左右から健ちゃんとそのお兄さんとがしっかり手を持って、僕を導いてくれている。砂利を踏む感触がして、どうやら道に出たらしいとわかった。何となく周りに人のいる気配がする。

二人に手を引かれるままずいぶんと歩き、「よし、着いたぞ」という健ちゃんの言葉にほっとして足を止めた。同時に頭を覆っていた布がはずされる。

「婿殿のお披露目です」

一度に陽光が降り注いできて、思わずまぶたを閉じた。それでもまだ、まぶたの裏で金色の光が跳ねている。拍手の音が、僕を包みこんだ。

僕がいたのは、里の入り口にあるクスノキの下だった。周りを取り囲むのは紋付き袴の正装姿の男の人達で、その後ろで女性陣と子供達が背伸びしたり飛びはねたりしながらこちらを見つめている。

引っ越してからずっと花守の家に世話になっていたのだけど、木綿子からはあまり出歩かないようにと言われていた。結婚前から同棲するのは、本当はルール違反なのだそうだ。

そういうわけだから、僕を見たことのない里の人もたくさんいて、健ちゃんが言った通りこれがお披露目の場なのだった。

そうは言っても、花嫁ならともかく花婿の姿というのは、見てもさほど面白いものでもないだろう。平凡そのものの僕の姿を、一瞬見ただけで人々は満足してしまったようで、粛々と行列の仕度を始めた。

花嫁行列ならば聞いたことがあるが、花婿行列というのは、僕は聞いたことも見たこともない。それをやると聞いた時は、「本気？」と言ってしまったほどだ。しかも行列を固めるのもおじさんばかりだと言うのだから、見栄えしないのは断言できる。

赤い大きな和傘を差した健ちゃんが僕の斜め後ろにつき、僕の前後を正装のおじさんやおじいさんが固めた。そして花婿行列は、静かに出発した。

黒いおじさんの集団がそぞろ歩くという、ただそれだけのものだったけれど、沿道に並んだ里の人々は皆拍手と笑顔で迎えてくれた。温かな日差しが降り注いでいて、辺りには梅の香りが漂っている。ウグイスの鳴き声がのどかに響いていた。

目の前にあるおじさんの黒い背中から目線をあげると、白い炎が見えた。丘の上に咲く、ハクモクレンだ。木綿子が見事だと言った花は、枝いっぱいに咲き誇っていた。

行列はとどこおりなく進み、花守の家が見えてきた。その前に立ち行列を待っているのは、今日から僕の義父になる人と、僕の花嫁だ。

近づくに従って、花嫁姿の木綿子の顔が見えるようになってくる。僕の花嫁はこの上なく美しかった。元々色白の顔にはおしろいが塗られ、伏し目がちのために、長いまつげの影が肌に落ちている。白い綿帽子に白い衣装。赤く塗られた唇だけが、木綿子のまとった色だった。

花守の家の前で行列はいったん止まり、僕の前に義父が入り、僕の左隣に木綿子が並ぶ。言葉を交わすこともなく、行列はまた厳かに歩き始める。いつの間にか先頭を神主さんが歩いていて、一行はハクモクレンの咲く丘へ歩みを進めていった。

草履で丘を登るのはなかなか辛かった。木綿子の衣装のほうが動きにくいはずなのに、彼女は着物の裾をつつましく持ち上げながら涼しい顔で登っていく。

頂上の少しなだらかになった部分には、棚が作られていた。お供物や榊《さかき》が奉られた、神棚だ。

辿り着いた人々は丘の上に散り、神主さんが棚の前に陣取る。その後ろに僕と木綿子とが並んだ。これからここで、式を執り行うのだ。僕らが誓いを立てるのはハクモクレンなので、神前式《しんぜんしき》というより花前式《かぜんしき》と言うべきだろうか。

神主さんが白いフサフサのついた棒を振り、厳かに祝詞《のりと》を唱える。ピンと張り詰めた空気の中、それでもどこかでウグイスがのどかに鳴いていた。

巫女さんが金色の盃を運んできて、僕の両手の上に置いた。そこになみなみとお神酒《みき》が注がれる。お酒の表面に白い花びらが映っていた。

事前に説明を受けていたとおり、三回に分けてお酒を飲み干す。盃が木綿子の手に渡り、木綿子も三回に分けてお酒を飲む真似をした。飲まれなかったお酒は、巫女さんが他の容器に移してくれた。これが三度続くのだ。二回目と三回目は、僕も飲む真似だけにしておいた。この後の宴会で、どうせしこたま飲まされることだろう。

三かける三で、三々九度。その儀式が終われば、二人で誓いの言葉を唱える。神前式に出席したことがないので、これが一般的な流れなのかどうかも僕にはわからない。

その次は玉串の奉納だったけれど、用意されたのはハクモクレンの花のついた枝だった。巻きつけてある白い布は、楮《こうぞ》から作ったもので木綿《ゆう》と呼ばれるのだそうだ。式の説明を受けた時に、木綿子の名前がここからとったものだということを知った。字の通り、木綿《もめん》が由来だと思っていたのだ。

しきたりどおりにハクモクレンの枝を奉納し、神主さんが式が滞りなく終了したことを告げ、やっと肩の力を抜くことができた。見守っていた人々から、拍手の雨が降ってくる。

見上げたハクモクレンは、枝の隅々にまで重たげな花をつけていた。花びらの形は、両手を合わせたようにも見える。光を受け止めようと、手を盃にして空に伸ばしているようだ。

式が滞りなくすんだことで、この木は僕を花守家の一員と認めてくれただろうか。

もう帰る家はない。

木綿子と義父が、これからの僕の家族となるのだ。

式の後に開かれたのは、披露宴とは決して呼べない、ただの宴会だった。大広間に辛うじて金屏風が置かれているのが、祝言という感じがする。僕と木綿子は屏風の前に並んで座り、広間の両脇に里の人々がずらりと並び、女性陣が運んできた料理と酒瓶が並んだ。

どこかのおじいさんが朗々と高砂《たかさご》を謡い、それを合図に宴会が始まった。普通の披露宴のように司会者がいるわけでもなく、やはり宴会としか言いようがない。

僕の前には徳利《とっくり》やビール瓶を持った人が列をなし、ひたすら挨拶と酌を受けるということを繰り返した。盃を全て空けていると体がもたないので、屏風の裏に置かれたバケツに残ったお酒は流しこんでいった。

それでも結構な量のアルコールが体内に入ってしまったらしく、どこかのおじいさんの大黒舞《だいこくまい》を見ている途中から記憶がない。気がつけばいつかと同じように、花守の家の部屋の布団に横になっていた。

「大丈夫ですか？」

布団の横に座っていた木綿子が、水を差しだしてくれる。冷たい水を一息に飲み干すと、頭のかすみが晴れていくようだ。

「頑張りましたね。お婿さん」

化粧を落としてさっぱりした顔の木綿子が、僕の頭をなでてくれる。

「もっと、お酒に強くならないとな」

「強くなるより、うまい断りかたを覚えていきましょ」

木綿子の背後に敷かれた、もう一組の布団が目に入った。

そうか。僕らはもう夫婦なのだから、今日から寝室も一緒なのだ。

「えーっと、ごめん」

「何がですか？」

「そのう……、疲れたから今日はもう寝たい」

木綿子はキョトンとした顔をし、意味を理解したのか少し恥ずかしそうに笑った。

「そうですね。私も疲れたので、眠いです」

僕が布団に入ると、木綿子も自分の布団に横になった。掛け布団の下から僕のほうへ、白い手が伸びて来る。

「手だけ、握っててくれませんか」

「うん」

木綿子の手は冷たくて、相変わらず花びらのような感触だった。花を抱くような心地で、僕は眠りについた。

苗字が変わるというのは、なかなかに大変な作業だった。役場での手続きに始まって、銀行口座やクレジットカードの住所と苗字の変更、免許証の変更は免許センターまで行かなくてはならなかった。

花守温人という新しい姓名は、自分の名前とは思えなくて、新品のコートのようにごわごわとした感覚だった。何度も呼ばれて目にして、体になじんでいくものだと信じることにする。

その一連の手続きが終わったころ、里で田植えが始まった。田んぼの周りに巡らされた水路に、雪解けの水が流れ出す。それを合図にあちこちに赤や青のトラクターの姿を目にするようになった。花守の家でも義父がトラクターを操り、しろかきの作業を行った。ビニールハウスの中では、大事なお姫様のようにイネの苗が育てられていた。

どこの田んぼにも水が張られたある朝。木綿子に連れられて、丘へと登った。見下ろした景色に、僕は息を呑んだ。

田んぼの泥は沈殿し、上の水は澄んでいた。それはまるで凪いだ湖のように、辺りの景色を映し出していたのだ。

山は萌え出した緑に染まり、あちこちに山桜の薄紅色がのぞいている。田んぼの畔には背の低いナノハナが咲き乱れ、そこここにタンポポの黄色があふれている。

その美しい里の風景が、そのまま田んぼの鏡に映しだされていた。まるでその中に、もう一つの世界が存在するようだ。空を漂う雲までが水鏡に映り、同じ速度で流れていく。山の端からのぞいた太陽の光が、あちこちの水面に反射して金色の光を弾いた。

「行ったことないけど、ウユニ塩湖ってこんな感じかな」

「行ったことないけど、こんな感じだと思います」

木綿子と同じ景色を見つめながら、ここで生きていくのだと誓った。毎年この景色を見て、ここで生きていくのだ。木綿子と一緒に。

五月の晴れた日が、花守家の田植えの日だった。今は機械でほとんどを植えてしまうので、僕の仕事は苗をせっせと運ぶことと、機械では植えられない部分を手植えすることだった。

太ももまであるゴム長靴を履いて、人生で初めて田んぼに入る。泥にどこまでも足が沈んでいきそうで恐ろしくなったけれど、ちゃんと底は存在した。

木綿子も同じ格好で田んぼに入り、苗の植え方を指導してくれる。苗の量はこのくらい、とか、指の形はこう、とか。言われるままに植えているのに、なぜか僕の植えた苗は水に浮いてくる。

「慣れですよ、慣れ。来年はもっとうまくできるようになってます」

水に反射する光にまぶしそうに目を細めて、木綿子は笑ってくれる。

「最終的には、温人さんにも、あれができるようになりますよ」

あれと言って、木綿子は畔に上げられた田植え機を指さした。


ゆっくりとしたスピードで、義父と木綿子は僕に農作業を教えていってくれた。それと並行作業で僕は、里の人々に馴染んでいかなければならなかった。

生まれた時からここで暮らす人々にとって僕は、転校生のようなものだろう。どうやって溶けこんでいけばいいのかと悩んでいた時、助けてくれたのは健ちゃんだった。ほとんど強制的に、僕を地元の消防団へ入団させたのだ。若い男というだけで、そこは僕を手放しで歓迎してくれた。

週末は大抵、消防団の仲間で集まって飲み会となった。飲むと言っても里に飲み屋などないので、誰かの家に集まることになる。暗黙の了解で順番に回るようになっているらしかった。

僕の家（と呼ぶのはまだこそばゆい）がそれに当たることもあった。木綿子は張り切って、ワラビの炒め物だとか、山菜の天ぷらだとかを作ってくれた。義父も昔は団員だったそうで、酒席の隅で武勇伝を語っていた。

健ちゃんはもう一つ、屋号を覚えろと言ってくれた。里の各家には苗字の他に屋号があり、里の人々はお互いのことを屋号で呼び合うのだそうだ。例えば稲荷のおじいさんとか、杉の下の奥さんといった具合だ。

屋号は家の周りにある何かや、昔やっていた仕事にちなんだものなのだそうだ。

健ちゃんは、里の地図に家の場所と屋号とその由来を書きこんだ力作を僕にプレゼントしてくれた。言ってみれば、虎の巻だ。僕はそれをひたすら覚えこんでいった。あとは住民の顔と屋号を一致させていくだけだ。

それでも里の人が僕に接する時の、何かよそよそしい感じはなかなかなくならなかった。

時間をかけて馴染んでいくしかないのだろうなと思っていたころ、また夏祭りの季節がやってきた。今年は僕も準備から手伝うことになる。周りに言われるまま、しめ縄を張ったり、ぼんぼりを吊るしたり、ステージを作る手伝いをしたりと動き回った。その休憩時間に、健ちゃんが話しかけてきた。

「お祭りの余興でさ、大声コンテストをやるんだ」

「へえ、機材とか用意したの？」

「そう。盛岡から借りてきたのにさ、出場者が少ないんだ」

まあ、そうだろうなと思った。里の人は奥ゆかしい人が多いから、人前で大声で叫ぶというのは難易度が高いだろう。

「で、お前もエントリーしておいた」

「はあ？　何でそうなるんだよ」

「祭りを盛り上げるためだ。頑張れ。優勝すれば、すし券がもらえるぞ」

勝手にエントリーされたのは納得いかなかったけど、土壇場で出場辞退などしたら、お祭りの役員達の信用をなくすことだろう。

仕方ないと腹をくくって、お祭り当日僕はステージに上がった。司会は健ちゃんがしていて、うまく盛り上げながら参加者の紹介をしている。

「さあ次の出場者で最後になります。トリを務めるのは、みなさんご存じ花守家の婿殿、花守温人君です。はるばる盛岡から婿入りしてきた温人君。思いのたけを叫んでください。どうぞ！」

自分の言いたいことを叫べばいいだけのコンテストだ。僕はステージの真ん中で息を吸いこんだ。

「木綿子おおお！　好きだあああああー！」

僕の雄たけびは神社の境内どころか、里全体にまで響いたように思えた。一瞬場が静まった後、ステージの周りに集まった人達が、わあっと喝さいを上げた。その隅のほうに、顔を覆ってうずくまる木綿子の姿が見える。

「おお、１００デシベル越えて来ました。優勝です！」

賞品のすし券をゲットして木綿子の元へ駆けつけると、木綿子はまだ顔を覆っていた。その指の間に、真っ赤になった頰が見える。「もう、信じられない」という声がかすかに聞こえた。

義父はすし券を喜んでくれたけど、大声コンテストで得たものはそれだけではなかった。近所を歩くたびすれ違う人達が、向こうから声をかけてくれるようになったのだ。以前のようなよそよそしさは、そこにはもう感じられなかった。

リンドウが出荷の時期を迎えると、とたんに花守《と》家の朝が早くなった。朝日が差す前にはもう畑に出て、出荷できる状態の花を採っていく。軽トラの荷台がいっぱいになるだけ花を採ると、家へ帰って朝ご飯だった。ご飯を食べ終えると花を束ねる作業に入る。

花は長さによってサイズ分けされ、サイズに合わせて義父が機械で切りそろえていく。花の茎を切るたびに、木材を加工するような音がした。その後は機械で下の葉を取りのぞき、手作業で花を揃えて束ねていく。

慣れていない僕がやらせてもらえるのは、束ねる作業だけだった。花を十本まとめたら茎の底をトントンと揃えて、輪ゴムでグルグルと巻いていくのだ。最初のころは力を入れ過ぎて、しょっちゅう茎を折ってしまっていた。

小屋の入り口には日よけの黒い覆いがかけられ、開け放した窓から涼しい風が吹き抜けていった。つけっぱなしのラジオからは、甲子園の実況が流れ、吹奏楽の応援に励まされながら一日中花を束ねた。甲子園の音と、リンドウの茎が切られるキュイーンという音と、葉をむしる機械のゴトゴトという音と、僕が茎を揃えるトントンという音。それが僕達の夏の全てだった。

お盆が過ぎ、やっと一段落ついたと思ったら、今度は小菊の出荷ラッシュが来た。こちらは秋の彼岸のころがピークになるそうで、花守家の忙しさは秋口まで続いた。

花の作業が終わるころ、里は黄金色に染まった。里を囲む山々は落葉樹が多いようで、赤や黄色やオレンジなど、錦としか言いようのない色合いに染まった。広がる田んぼは一面黄金色に色づき、風が吹くたびに何万粒もの真珠を転がすような音を立てた。秋のセピアがかった光の中で黄金にうねる稲穂を見ていると、郷愁というものが湧いてきた。

僕はこれからここを、ふるさとと呼んでいくのだ。

そう思うと、涙が頰を伝っていった。

子供時代にふるさとにあこがれていた自分に自慢してやりたかった。それと同時に、結果的に切り捨てることになった故郷の人達への申し訳なさが浮かんできた。

稲刈りは農協に頼んでコンバインで刈り取ってもらった。その手間賃や肥料代、種もみ代などは、そのまま農協に米を買い取ってもらい支払うのだそうだ。

収穫した半分の米を納めて、清算となった。僕は密かにこれを、年貢米と呼ぶことにした。

実際農家で暮らしてみてわかったことだけど、農業だけで生活するというのは確かにきつかった。木綿子は畑で野菜を作って、なるべく物を買わない生活を心がけているけれど、肉や魚は自分達で捕ってくることはできない。嗜好品をなるべく我慢して、出費を抑えて生活することで、花守家の生計は守られていた。

木綿子の学費や盛岡での生活費を捻出するのも、きっと大変だったことだろう。聞いてみると、義父はここ数年、冬の間は親戚のいる温泉旅館で住みこみの仕事をしていたのだそうだ。

「今年も行くつもりだから、冬の間は新婚気分を味わってけで」

僕は恐縮して止めたけれど、冬の始まりと共に義父は温泉街へ行ってしまった。

里は雪に閉ざされ、することもない僕は、ボランティアでお年寄りの家の雪かきをして回った。

木綿子は冬の間に読む本を用意していて、読書と縫い物と編み物をして過ごした。居間の薪ストーブの上にはしょっちゅう鍋が置かれ、豆やらジャムやらがコトコトと音を立てていた。手持ちぶさたな僕を、木綿子は笑った。

「この辺の人達は、冬のためにやることを取っておくんですよ。それにみんな、家の中でできる趣味を持ってるんです」

僕は飲み会で回った家で目にした物達を思い出した。紙を折り重ねて作られたツルやら、五円玉で作られた兜やら、力作のキルトやらだ。冬の時間を使って作られた物達だったのだろう。

吹雪が来ると田んぼは、境目もわからなくなるほど真っ白に塗りこめられた。車で三十分かかるスーパーにも行けなくなり、買いだめしておいた食材が活躍した。小屋にある大きな冷凍ストッカーは、こういう時のために存在するものだと知った。

吹雪が止んできれいな満月が出た夜更けに、もこもこに着こんで僕は外へ出た。木綿子に物好きと笑われながら。

唯一外気にさらされた目の周りと頬に、冷気が貼りついた。眼球までが寒い。それでも雪を踏みしめながら苦労して丘を登ると、寒さを忘れるほどの光景が僕を待っていた。

田んぼは一面雪に覆われ、吹雪で固く凍りついていた。雪というよりも氷のようになっている表面は月の光を反射し、青々と輝いていた。降り注ぐ月の光は透き通った金色なのに、雪が照り返す光は青白く、その青い光は里全体を包みこんでいた。まるで里ごと、湖の底に沈んでしまったようだ。

数日間吹き荒れた風の音も、今日はしない。音がしないとますます、水の底にいるように感じられる。

この里は本当に、僕が一年前まで暮らしていたあの場所と、同じ世界に存在しているのだろうか。

思わずそんなことを考えてしまうほど、その夜の光景は幻想的なものだった。

第七章　スノーボール

里での日々は変わりなく穏やかに過ぎていった。婿入りした次の春には僕は苗を流されないように田植えできるようになっていて、夏にはリンドウを切ることと葉を取ることを任されるようになっていた。

その次の春には苗の温度管理もするようになり、トラクターも運転できるようになった。お祭りの仕度にも毎年参加し、健ちゃん兄弟と共に貴重な労働資源と称えられた。

僕が里に来て三年目の夏、健ちゃんが結婚をした。お相手はお見合いイベントで知り合った盛岡市の人だそうで、実家の敷地に新居を建て新婚生活を始めた。そしてその秋にはもう、お嫁さんのお腹が膨らみ始めていた。

里の若者は結婚するとすぐさま子供を期待される。歯に衣着せないお年寄り達は、よそのお嫁さんでも平気で「赤ちゃんはまだ?」と言ってくる。ここで暮らすお年寄りに、今時は……とハラスメントだ何だと説いたところで、馬の耳に念仏だ。そういう世界で生きてきた人達なのだから。

そのお年寄り達が、どういうわけか僕と木綿子には何も言って来ないのだった。

結婚して三年が経つのに、僕達の間にまだ子供はいなかった。僕も里の生活と農作業に慣れるのに必死で、子供のことはそのうち……としか考えていなかった。

花神の末裔《まつえい》ということで、花守家は少しだけ特別扱いされている。最初はそのせいで、お年寄り達も遠慮するのかと思っていた。だけど決定的に違和感を覚えたのは、いつもの消防団仲間との飲み会の時だった。

健ちゃんの子供の予定日の話で盛り上がっている時だった。酔っぱらった一人が僕に目を向けた。

「花守のところはまだ？」

瞬間、嫌な空気が流れた。周りのみんなが声も出さずに、視線を交わし合ったのがわかった。誰かが言った当人を捕まえて、廊下に連れ出していく。

「こればっかりは、コウノトリ次第だもんなー」

健ちゃんがやけに明るく言って、僕の肩に腕を回した。

何が起きたのかは、僕にもわかった。みんなが何もなかったようにすればするほど、何が問題かははっきりわかった。

彼は、地雷を踏んだのだ。

僕達夫婦に子供ができないこと。地雷はそれだ。

木綿子は子供ができないことをどう思っているのだろう。

健ちゃんをだしにして、それとなく話を振ってみた。

「健ちゃんのとこの赤ちゃん、来年の二月が予定日だって」

「そうなんですか。奥さん、里帰りするのかな」

「うん。正月に帰ってそのまま盛岡で産むみたい」

「ここからだと産科のある病院遠いから、その方が安心ですよ」

義父はもう寝室に入っていて、居間には僕と木綿子だけだった。木綿子は何となく居心地悪そうにしていて、早くこの話題を終えてしまいたいと思っているように見えた。

「うちもそろそろ、子供欲しいね」

そう言った瞬間の木綿子の表情を見て、僕は言ったことを後悔した。木綿子はまるで、余命宣告を受けた人のように青ざめて、だけど覚悟はしていたという風に、僕をしっかりと見返した。

「温人さんは、違うの？　子供が欲しいんですね」

「木綿子は、違うの？」

答えは聞かなくてもわかっていた。木綿子の顔を見れば、明らかだ。

「もう少しだけ……」

かすかな声で木綿子は言った。

「もう少しだけ、このままの生活を続けさせてもらえませんか？」

子供ができると生活が一変するという。僕も今の穏やかな生活に満足していたから、木綿子の希望にうなずいてみせた。

木綿子の秘密を知ってしまったのは、その後すぐのことだった。

木綿子はどうして、子供を欲しがらないのだろう。僕はそのことを考え続けていた。

子供ができれば、色々なことが変わるだろう。木綿子は育児と家のことで手一杯になり、畑の仕事はできなくなるかもしれない。でもそれくらい、今の僕ならカバーできるはずだ。

それならば、経済的な問題だろうか？　確かに大学までの学費を考えると不安にもなるけれど、里には同じように農業をしながら子供を育てている家庭がたくさんある。

もしかしたら木綿子は、子供が苦手なのだろうか？　そういえば、出会ったばかりのころ、小さな子を見て泣きそうな顔になっていたことがあった。

そんなことを考えていると、木綿子の行動に引っかかるものを感じることがあった。お昼ご飯の後決まって、水を入れたコップを持ち寝室に引っこむのだ。

悪いとは思いながら、木綿子が畑に出ている時に寝室を探ってみた。部屋の中で木綿子だけが使う場所は限られている。化粧用のドレッサーの引き出しを開けてみると、化粧品に混じってキャンディーの空き缶が見つかった。蓋を開けてみると、中からオレンジ色のカプセルの薬と、その説明書が出てきた。

説明書をスマホで撮影して、元通りに缶の蓋をし、何事もなかったように部屋を出る。木綿子がまだ外にいることを確認して、薬の名前を検索して調べてみた。

それは、いわゆるピルと呼ばれる薬だった。盛岡の産婦人科で処方されたものらしい。

木綿子はまだリンドウの研究のために時々大学に出かけていた。その時に、病院にもかかっていたのだろう。

どうりで子供ができないわけだ。

でもこのことを知って、何だか僕はあきらめがついた。

木綿子が僕にも言わずにこの薬を使って避妊していたということは、何か重大な理由があってのことだと思ったのだ。

妊娠中や、もしかしたら出産の時に、体に大変な負担がかかるのかもしれない。木綿子の体にとって、それが命を脅かすほどのものならば……。

木綿子の命を賭けてまで、子供が欲しいわけではなかった。今のままの生活でも、僕はじゅうぶんに幸せなのだから。

また冬が来て、世界は白に埋め尽くされた。義父は相変わらず、冬になると温泉旅館に出稼ぎに行っていた。寒い時期に毎日温泉に入れるのがありがたいのだそうだ。それが本心からの言葉かどうかはわからないけど、鵜呑みにするのが婿の心得と思うことにした。

長い冬を過ごすために、僕は昔やっていたプラモデルをまた作り始めた。時間が止まったような日々でも、着実に季節は移っていき、屋根から垂れ下がったツララの表面を雪解けの水が伝うようになっていくと、春への期待が高まって来る。

春が近づいて来ると、川沿いに並んだ柳の枝に芽が吹き出した。幻の獣の毛皮のようなそれは、三月の光に輝いた。それが、春の兆しだった。

花守の家の前にある花壇には、木綿子の好きな小さな花達が植えられている。春はまずフクジュソウとデージーから始まっていく。その黄色とピンクが咲き始めたころ、健ちゃんのお嫁さんが里に戻ってきた。

僕と木綿子は出産祝いを手に、早速赤ちゃんの顔を見に行った。育児疲れなのか、お嫁さんは少しやつれて見えた。

「四六時中おっぱいおっぱいで、参ってるの」

とのことだった。

「母乳が出るのはいいことです」

木綿子が言うと、ううん、と首を振りながらお嫁さんは言う。

「全然足りないのに、欲しがるのよ。ミルクじゃ嫌だって泣かれちゃうし」

健ちゃんもまだ赤ん坊の扱いには慣れていないようで、妙に肩ひじを張った姿勢で赤ちゃんを抱いて連れてきた。まずは僕の腕にそっと抱かせてくれる。

首もすわっていない赤ちゃんは、柔らかくて温かくて乳臭かった。パッチリと開けた目で、不思議そうにこちらを見つめている。

かわいい、と思ったけれど、口には出さずにとどめた。そして思ったのは、これが自分の子供だったら、どんな思いがするものだろう、ということだった。

それ以上考えを進めないために、木綿子に赤ちゃんをバトンタッチした。肌ざわりのいいおくるみに包まれた赤ちゃんを、こわごわと木綿子の腕に載せる。

木綿子は生真面目な顔で赤ん坊の顔をのぞきこんで、愛しそうに微笑んだ。指で頬をつついたと思ったら、突然木綿子の目から涙がこぼれ落ちた。

「どうしよう。……かわいい」

パタリと赤ちゃんの頬に、木綿子の涙が落ちる。

「だめだ！　木綿子」

奪い返すようにして、健ちゃんが木綿子の腕から赤ちゃんを取り上げた。お嫁さんが不思議そうに、そんな二人の様子を見つめている。

「だめだ。だめだって」

健ちゃんはつぶやきながら、赤ちゃんをお嫁さんにバトンタッチし、僕らに向けて「帰ってくれ」と言った。

まだ頬に涙を残したままの木綿子を連れて、僕は玄関を出ようとした。見送ってくれた健ちゃんが、僕の耳の横でささやいた。木綿子には聞こえないように。

「悪いけど、しばらく木綿子をここへ来させないでくれ」

僕は無言でうなずいた。


僕だってそこまで勘が悪いわけじゃない。木綿子と健ちゃんの行動は、僕が薄々考えていたことが正しかったと証明してくれた。

木綿子は、子供の産めない体なのだ。

それならばそれで、仕方がないと気持ちを切り替えようと思った。家族三人の暮らしが変わらず続いていくのも悪くないと思おうとした。

だけど健ちゃんの赤ちゃんを抱いて、僕は想像してしまったのだ。僕と木綿子の子供はどんな風だろうと。自分の子供ならば、もっともっとかわいくて愛しくて、たまらない気持ちになるんじゃないかと。

木綿子も赤ちゃんを抱いた時に、同じ気持ちになったんじゃないだろうか。自分の子供を抱きたいと、思ってしまったのではないだろうか。

今年も無事に田植えが終わり、田んぼの中にもう一つの世界が映るようになった。この時期の里は、いつもより広く感じられる。

山は新緑に染まり、赤いツツジが映えるようになった。辺りの山々には、子供がいたずらしてテープを巻きつけたみたいに、藤の花が垂れ下がっていた。ツバメやスズメが子育てに励み、山からは金管楽器のような鳥のさえずりが響いて来る。

やがて白い花が目立つようになってくると、里は一番美しい季節を迎える。そして雨の季節がやってきて、田んぼには一日中雨の模様が浮かぶようになる。木綿子にそのことを告げられたのは、その季節が終わりかけたころだった。

義父はリンドウの薬かけで畑に出ていた。僕も手伝おうとしたけど、木綿子に引き留められたのだ。話があるからと。

庭にはスノーボールの花が咲いていた。僕が婿入りを決めた時も、この花が咲いていた。

木綿子はその花の前に立ち、花から勇気をもらうみたいにして、僕の目を見た。

「妊娠しました」

誰が？　と思わず聞き返すところだった。あまりに、信じられない報告だったから。

「木綿子が？」

「そうです」

「えっと、でも、君、妊娠や出産に耐えられない体じゃないの？」

「体は何ともないですよ。無事に産めるはずです」

「本当に？」

念入りに確かめずにいられなかったのは、木綿子が決死といってもいい表情をしていたせいだった。

「僕は、喜んでもいいの？」

「喜んで、くれますか？」

問いを問いで返された。

「もちろんだよ」

妊娠や出産で木綿子が危険な状態になるわけではないのなら、憂うべきことは何もなかった。

子供ができた。

僕と木綿子の子供が、生まれてくるのだ。

じわじわと喜びが湧き上がってきて、やがて爆発した。

「やったぁ！」

叫んで木綿子に抱きついた。この体の中にもう一つの命が宿っているなんて、奇跡を目の当たりにしているようだ。

「予定日はいつ？」

「まだ、お医者さんに行ったわけじゃないので……。でも、多分来年の四月ですね。きっとハクモクレンが咲くころ」

「そうか。男の子かな。女の子かな」

男の子だったら、義父が喜んでくれるだろう。里では今でも男の子が生まれることを期待される。でも僕としては、木綿子によく似た女の子だとうれしい。

「女の子ですよ」

もう決まっているという風に、木綿子は断言した。

「花守の子供は、女の子しか生まれないんです」

義父への報告は、病院へ行ってからにしたいと、木綿子に口止めされてしまった。だから僕はこのうれしさを自分の中だけにとどめて、いつも通りに過ごすしかなかった。

轟音を立てる草刈り機で、丘の草を刈りながら僕が考えていたのは、子供が生まれた後のことばかりだった。

ベビーカーを押して、木綿子と二人散歩する姿とか。歩けるようになった娘と、庭で三人でボール遊びする姿とか。ランドセルを背負った娘と、家族三人入学式に出席する姿とか。

思い浮かぶのは僕と木綿子と娘という、その構図ばかりだ。

青臭い草の匂いに包まれながら、早く誰かにこのことを言いたくてたまらなかった。そうだ。健ちゃんにならら、報告してしまってもいいんじゃないだろうか。

草刈りを終えるともう夕方で、健ちゃんが職場から帰ってくる頃合いだった。

草刈り機を片づけて、その足で健ちゃんの家に向かう。タイミングよく、健ちゃんが車から降りるところだった。

「おう、どうした」

「うん、ちょっと報告があって」

自分でも顔がにやけるのがわかった。

「僕、父親になるんだ」

とたんに、健ちゃんの顔が険しくなった。

「木綿子が、妊娠したのか？」

「うん、そうだけど……」

期待していたのは、おめでとうという言葉だった。健ちゃんなら、やったなと笑って、痛いほどに肩を叩いてくるかもしれないと考えていた。

だけど健ちゃんがとったのは、思ってもみなかった行動だった。

健ちゃんはその場にうずくまると、顔を覆って泣き出したのだ。獣じみたうなり声を上げて泣くその姿は、まるで親友を亡くした人のようだった。

「何で、泣くの？」

嫌な予感が、背後から忍び寄ってくる。木綿子の言葉で消え去ったはずの不安が、みるみる黒雲のように大きくなっていき、背中から僕を呑みこもうとしている。

「何でって、お前……！」

健ちゃんは僕の顔を見て言葉を失った。

「知らないのか」

頬に幾筋も涙を流して、健ちゃんは呆然とつぶやいた。

「木綿子が、僕に言ってないことがあるんだね？」

健ちゃんは声も出さずにうなずいた。家の中から、赤ちゃんの泣く声が聞こえてきた。

蝉時雨《せみしぐれ》の林の中にいると、耳の中にワンワンと音が反響したようになることがある。ちょうどそんな風に、僕の頭の中にはワンワンとよくわからないものが反響していた。

確かめたくなかった。健ちゃんが知っていて、僕が知らないもの。きっと、里の人にとって、それは周知のことなのだろう。

知らなければ僕はもう少し、幸せな未来を思い描いていられるはずだ。愛する妻と愛する娘のいる生活という、バラ色の未来を信じていられるだろう。

そろそろ夕飯の時間なのに、まだ空は明るいままだった。庭のスノーボールが、月の光のようにほの明るく輝いていた。木綿子は花の前に立って、まるで赤ちゃんを抱くような顔でお腹をさすっていた。

僕の顔を見て、木綿子は何かを覚ったようだった。

「健ちゃんに、言っちゃいました?」

うなずくと、小さなため息が答える。

「健ちゃんは、何か言ってましたか?」

「泣いてたよ」

ただただ、泣いていた。

「木綿子は、僕に嘘をついたの?」

「嘘は何も言っていません。でも、私ずるい人間だから……」

ずるい人間。結婚を決めたあの時と、同じ言葉を木綿子は口にした。

「一番大事なことを、言わないできました」

耳をふさいでしまいたかった。聞かずにやり過ごしてしまいたかった。

それでも僕は、木綿子を見つめた。彼女の言葉を受け止めなければと。

「ねえ、覚えてますか? ハクモクレンにまつわる昔話」

「ハクモクレンの娘と若者の話だろ? 覚えてるよ」

「あの話の最後、若者が何かの願い事をして、それが叶ったとたん、娘が消えてしまいますよね。その願いが何だったのか、わかりますか？」

話を聞いた時は、何の答えも思い浮かばなかった。でも、今の僕には思いつく答えが一つだけある。

「子供？」

「そうです。若者はお嫁さんとの間に、子供ができることを望みました。そして子供が生まれると、お嫁さんはいなくなってしまったんです」

僕はもう、泣きそうだった。木綿子がこれから何を言おうとしているか、想像できてしまって。

「赤ちゃんが生まれたら、私の命は終わります」

こらえきれずに、涙があふれ出した。

「どうして！」

叫ぶような僕の問いに、木綿子は静かに答えた。

「花守の娘は、ハクモクレンから命を分けてもらっているんです。そして、この世に存在できるその命は、一人分しかありません。一人が生まれたら、一人が死ぬ。そう、決まっているんです」

「どうして、どうして……」

どうして、どうして。

泣きながら、僕は地面に膝をついた。頭の中には、木綿子の言葉達が渦を巻いていた。

『子孫を残せない花は、咲くだけ無駄なんですか』

『恋人は作らないと決めているんです』

『一生、独り身で生きていくって、決めたんです』

『先輩、きっと後悔します。私と出会わなければよかったって』

「自分の運命を知ったのは、十五の時です。母が何故死んだのかも、その時知りました。父は言ってくれました。お前の生きたいように生きろと。子供を産むか産まないかも、自分で決めなさいと。私は、一生独身を貫こうと決めました。自分の人生を楽しんで生きて、私で終わりにしようと思いました」

「僕は……、僕が……」

何も知らない僕が、木綿子の人生を変えてしまったのだ。

「健ちゃんは、全部知った上で結婚しようって言ってくれてましたけどね。子供なんていらないから、一緒になろうって」

「どうして、僕には教えてくれなかったの」

木綿子は、ますます優しい顔になった。

「だって、温人さん優しいから、知ったらきっと、子供はいらないって言うでしょう」

「当たり前だよ。木綿子を失うって知ってたら……」

知っていたら、子供なんて僕は望まなかった。

「だから私は、ずるいんです。肝心なことを言わないまま結婚したのは、もし子供が欲しくなった時のための保険です。それに……」

ふっと息をついて、木綿子は続けた。

「私か、娘か、なんて選択をあなたにはさせたくなかったんです。あなたはもう、ご両親か私か、っていう辛い選択をしてしまったんですから」

辺りは少しだけ暗くなり、スノーボールの白さと木綿子の顔の白さが、浮かんで見える。

「温人さんとお父さんと、家族三人でずっと生きていくのも悪くないなあって思ってました。でも、健ちゃんの赤ちゃん、かわいかったでしょう」

木綿子の手が、赤ん坊を抱くような形になった。

「命を抱いて、思ったんです。私が繋がないと、花守の娘は絶えてしまうんだって。私の娘やその娘やその娘。何人もの命や人生の芽を、私は摘むことになってしまうんだって」

「いいじゃないか！」

僕は叫んでいた。

「それでいいじゃないか。僕達が幸せなら、それでいい」

木綿子がかぶりを振る。長い髪が僕の頬に触れた。撫でるように。

「私は、素敵な人生を過ごしてきたと思います。たくさんの人と知り合えて、たくさんの花のことを知って、大学で学ぶこともできました。なによりも、温人さん、あなたに出会えた」

木綿子の手が伸びて、僕の手を取った。

「一生独りでいることを覚悟していたのに、私はあなたを好きになってしまいました。結婚できるなんて思わなかったのに、あなたは何もかも捨ててここへ来てくれました。こんな幸せなことないって、いまだに思います」

木綿子の手に、ギュッと力がこもる。

「私の娘達にも、この幸せを味わわせてあげたいって思ったんです。私の娘や孫達が、世界の素晴らしさを知る機会を、奪うなんてできません。私があと五十年生きるよりも、たくさんの娘達がたくさんの恋をするほうがいいって、そう、思ったんです」

暗がりの中でも、木綿子が晴れ晴れと笑ったのがわかった。

「ごめんなさい。私のわがままです。一番大変な仕事を温人さんに押しつけることになります。でも、どうか、娘をよろしくお願いします」

僕は涙があふれて、それ以上何も言えなかった。

『子孫を残せない花は、咲くだけ無駄なんですか』

そう言って泣いていた木綿子の顔を、今でも覚えている。

あの時木綿子が心の中で叫んでいたことが、今になってようやくわかった。

『私は今ここで、生きているのに！』

子供を産まないと決め、恋人も作らないと決めていたあのころの木綿子に、合コンを繰り返す大学の仲間達はどんな風に見えていたのだろう。

そんな木綿子に恋をし、結婚を決断させたのは僕だ。木綿子の人生を変えたのは、僕の責任だ。

僕は夕飯を断り、その足でまた健ちゃんの家へと向かった。インターフォンを押すと、出てきたのは健ちゃんだった。僕の顔色を見て、健ちゃんは全てを覚ったらしい。ドアを閉め、庭へ出てきてくれた。

「みんな、知ってたの？」

「まあ、里に生まれたやつは、大体知ってることだな」

「僕には……、僕にはとても無理だ。木綿子を失うなんて、一人で子育てするなんて……」

「みんなが助けてくれる。そうやって、木綿子だって大きくなったんだ」

「そういうことじゃない！」

八つ当たりするように、僕は叫んだ。立っていられなくてしゃがみこんだ。頭を抱えたまま、僕は言った。

「まだ、間に合うはずだ」

自分で口走ってから、はっと口を押さえた。健ちゃんの顔を仰ぎ見ると、玄関のかすかな明かりの中でも、怒りが湧き上がっているのが感じられた。

健ちゃんが僕の胸倉をつかんだ次の瞬間、頬に衝撃が走った。殴られたのだ。

「木綿子の前では、口が裂けても言うんじゃねえぞ」

迫力ある健ちゃんの声に、僕は打ちのめされた。

僕は何てみじめで、情けないんだろう。当の木綿子があんなに落ち着いて、堂々と語っていたのに。

「木綿子が決めたことだ。俺達にはもう、どうしようもない」

そうだ。木綿子はすっかり覚悟を決めてしまっていた。自分の寿命を自分で決めなければならないなんて、そんな残酷なことをなしとげて、木綿子は晴れ晴れとしていた。

「ごめん。忘れて」

僕も覚悟を決めなくてはならない。父親に、なるのだから。

「俺も、悪かった。殴ったりして。ご飯食ってけよ。祝杯あげようぜ」

「祝杯？」

「祝杯だ。お前らが、親になるんだから」

健ちゃんは、泣きそうな顔で言ってくれた。

「里の人間はきっと誰も言わないだろうから、俺が言ってやる。おめでとう」

夕飯は、健ちゃんが作ってくれた。赤ちゃんをお風呂に入れていたお嫁さんが、タオルに包んだ赤ちゃんをリビングに運んでくる。

柔らかなタオルと湯気に包まれた赤ちゃんは、この上なく幸せそうな生き物に見えた。お嫁さんが保湿ローションを塗りながらくすぐると、ケタケタと笑い声が響く。

健ちゃんの作ってくれた焼き鳥風の炒め物はおいしかった。聞くと、お嫁さんのつわりがひどくなったころから、健ちゃんが夕食を作るようになったそうだ。

「お前も、今からできるようにしとくんだぞ」

その通りだと、うなずいた。一年後にはもう、木綿子の手料理は食べられなくなっている。

第八章　ハクモクレン

里から通える範囲にある産婦人科を調べて話し合った結果、分娩までできる病院に最初からかかろうという結論になった。その中でも立ち合い出産ができるところを探す。

木綿子が選んだのは盛岡の病院だった。まずはそこで夫婦そろって診察を受け、赤ちゃんの心拍が確認できた。超音波の写真の赤ちゃんは、まだ豆粒のようで、これが歩いて笑う日が来るのかと思うと、不思議で仕方なかった。

木綿子は帰りに、手芸屋さんに寄りたがった。ショッピングセンターに入っている手芸屋さんに行くと、時間をかけて型紙の載った本や、生地や綿をカゴに入れていった。

その日の夜、僕はまた健ちゃんの家に避難させてもらった。健ちゃんと一緒にギョウザをせっせと包みながら、今頃木綿子が義父に妊娠したことを報告しているだろうと、考えていた。

寡黙な義父の顔に最初に浮かぶのは、喜びだろうか。悲しみだろうか。義父は祖父になったとたんに、娘を失ってしまうのだ。

夜遅くに家に帰ると、台所にビールの缶が散らばっていた。

それでも翌朝、義父はいつも通りに起きてきて、いつも通りに畑に出た。目が赤い以外は、いつも通りの義父だった。

木綿子は畑には出なくなり、家事をしながら過ごすようになった。居間のテーブルには裁縫箱が置かれ、その周りに布と型紙が広がっている。

木綿子もまた、彼女のお母さんと同じように、一生分の愛情をこめる物を作ろうとしているのだ。

木綿子が最初に作り上げたのが、ピンク色のウサギのぬいぐるみだった。肌ざわりのいい布でできていて、抱きながら眠るのにもちょうどよさそうだ。

「ゼロ歳のうちは、一緒に寝かせたらだめですよ。こんなぬいぐるみでも、寝がえりを打って押しつけられたら、赤ちゃんは窒息するんですから」

ぬいぐるみを見せながら、木綿子は僕にそう注意した。もうすでに、母親の顔で。

妊娠二か月目に入ると、つわりが始まった。常に船酔いしているような気持ち悪さなのだという。

「お腹すいてても気持ち悪いし、お腹いっぱいでも気持ち悪いの。どうしたらいいんだろう」

木綿子が訴えてくる症状は、僕には想像もできないものだった。

噂を聞いた近所のおばさん達があれこれアドバイスをくれ、木綿子はドライフルーツやクラッカーを少しずつ常に食べ続けるという方法に辿り着いた。

里のみんなにも、木綿子が妊娠したという情報は広まっていたけど、健ちゃんの言った通りおめでとうの言葉をくれる人はいなかった。言葉の代わりにたくさんの差しいれが、我が家には届いた。

生まれるのは女の子だとわかっているので、ピンクや赤のレースのついたベビー服やよだれかけに靴下。木綿子の好きなチョコレートに、精をつけろと言わんばかりに牛肉。つわり中の木綿子が食べられる物は限られていたので、食料品のほとんどは僕と義父がおいしくいただくことになった。

料理中の匂いでも気持ち悪くなってしまう木綿子の代わりに僕が台所に立つことも多くなり、木綿子のお母さん直伝のレシピブックを、僕も愛用することになった。元々義父のために書かれたそれは、男にもわかるような言葉で書いてくれている。

つわりの気持ち悪さや眠気と戦いながら、木綿子は黙々と針仕事を続けた。キルト地の布で作られたのは、保育園用の手提げバッグ。同じ布地で、上履き入れとコップ袋も。そのどれにもぬいぐるみと同じ顔をした、ウサギのアップリケがついていた。

その次に木綿子が作り上げたのは、薄い座布団のようなものだった。ベージュ色の生地と中綿は、恐らくオーガニックコットンというやつだ。他の生地より値が張ったのを覚えている。

「それは何？」

と聞くと、

「とっぽんちーの」

と返って来る。

「は？」

「とっぽんちーの」

知らないの？という顔で見られてしまったので、仕方なく知っている振りをした。

「ああ、とっぽんちーのね」

「うん、よろしくね」

何をよろしくされたのかも、僕にはわからなかった。

夏になるとリンドウの最盛期になり、また僕達は小屋にかんづめとなる。木綿子は少しつわりがましになり、どうにか一人でも電車で病院へと通えるようになっていた。

その日は大学にも顔を出して来るということで、帰りの電車の時間に駅まで車で迎えにいった。

木綿子の腕には、リンドウの植えられた鉢が抱かれていた。

「それは?」

「イーハトーヴォの空です。やっと納得いく色が咲いたんですよ」

木綿子が在学中からやり続けていた研究が、一つの形になったのだ。外は薄曇りだったけれど、鉢植えを空にかざすと、そこに小さな青空が現れた。底にしんと透き通った冷たさを持つ、イーハトーヴォの空。透き通ったガラスを思わせる青色の底に、湧きだす清水のような冷ややかさが潜んでいる。僕の知る岩手の夏の青空だ。

「君は、やりとげたんだね」

木綿子はうれしそうにうなずいた。

「次は市場に流通させるのが目標ですが、後は後輩に託してきました。もしできるようになったら、うちの畑にも植えてくださいね」

自分のいなくなった後の未来のことを、木綿子は平然とした顔で語る。明後日のお天気のことを語るみたいに。

「約束する」

僕は鉢植えを高くかかげた。トロフィーのように。涙が頰を伝っていかないように。木綿子の前ではもう泣かないと決めたのだ。

「きれいだ」

「きれいですね」

木綿子もまた、うんと空を仰いでいた。

安定期に入ると、木綿子のつわりは嘘のようになくなった。とたんに木綿子は張り切って動き始めた。

まずは買い物からだった。週末に街へ出かけると、赤ちゃん用品のお店で必要な物を買いそろえた。小さな肌着に哺乳瓶。ドーナツ枕にベビーバス。哺乳瓶の消毒用の薬。授乳クッション。

「離乳食は、無理して手作りしなくていいので」

離乳食コーナーの棚を見ながら木綿子は言った。

「栄養とか、大丈夫なの？」

「今は、野菜もフリーズドライの便利なものがあるし、瓶詰のものもレトルトも色々あるので、大丈夫ですよ。しいて言うなら、おかゆだけは作って欲しいかな」

家に帰った木綿子はネットであれこれ調べて、「ブレンダーを買いましょう」と言った。

「おかゆがあっという間に、どろどろになるらしいです。どろどろのまま冷凍もしておけるんですよ」

「おかゆって、どろどろにするの？」

「離乳食初期はそうなんです。裏ごしでもいいんですけど」

ちらりと向かいに座る義父を見ると、首を振っていた。

「ありゃあ、ゆるぐないぞ。器械でできるんなら、買っとげ」

そういうわけで、次の週末は電気屋へ出かけた。ブレンダーと、今まで家にはなかった電気ケトルも買った。木綿子がこんなにも景気よくお金を使うのは、結婚して初めてのことだ。こういう時のために、今まで節約してコツコツ貯めていたのだという。

木綿子は僕のために、イラストのたくさん入った育児書も買った。取りあえずめくってはみたものの、実物がいないのでどうにも実感がわかない。思えば赤ん坊を触ったのは、人生で数えるほどだ。

そんな僕に木綿子は、首がすわるの意味や、授乳の間隔やらをていねいに教えてくれた。どこからか人形を借りてきて、抱き方を練習したり、肌着の着させ方を勉強した。ミルクの作り方におかゆの作り方、おむつの替え方まで練習して、僕はまるで試験に臨む受験生のようだった。

木綿子の買い物はまだ止まらなかった。次は本屋に行き、何冊かの絵本を買い求めた。そして僕に確認した。

「スマホは、契約を解除しても、動画や音声のデータは残りますよね？」

「うん。本体が壊れない限り、充電していればデータが見られるはずだけど」

「じゃあ、私のスマホを水没させないよう、気をつけてください」

僕の頭の中は、また？で埋め尽くされたけど、しばらくしてわかった。木綿子はスマホのボイスレコーダーを使って、自分の声を吹きこみ始めたのだ。

最初は童謡からだった。とんぼのめがねに七つの子。めだかの学校や、森のくまさん。昔見た子供番組のお姉さんのような優しい歌声が、家の中に響き渡った。

それが一段落すると、次は絵本の読み聞かせだった。

幼児向けの、ねないこだれだや、あーんあん。少し大きくなったころに、はらぺこあおむし、バーバパパ。ぐりとぐらに、かたあしだちょうのエルフ。僕も子供のころになじんだ絵本ばかりだった。

「動画はないの？」

と聞くと、

「ありますよ」

と返って来る。

「一本だけ撮ってあります。ただしそれは、娘が十五歳になった誕生日に見せるものですからね。温人さんもそれまで見ちゃだめですよ」

十五歳の誕生日に見せる動画。自分の運命を知ったのは十五の時だったと、木綿子は言っていた。何となく動画の中身が想像できた。きっとそこで、花守の娘の秘密が明かされるのだ。

「一本だけでいいの?」

僕達の娘は、母親がどんな人かも知らずに育つのだ。写真に音声に、動画もあったら、母親の存在をより感じられるんじゃないだろうか。

「だめですよ」

僕が考えていることが伝わったのか、木綿子は首を振った。

「動画はリアルすぎます。もういないものを求められたら、困るのは温人さんですよ」

同じ環境で育った木綿子が言うのだから、それが正解なのだろう。

冬の始まりに、庭の花壇に木綿子が何かの種を植えていた。

「それは、何の花?」

「カタクリです。札を立てておくので、この辺いじらないでくださいね。カタクリは、七年経ってから花をつけるんですから」

「七年って、気の長い話だな」

言ってからはっとした。七年後に咲く花を、木綿子は決して見ることはないのだ。

「世話とか、しなくていいの？」

声が震えそうになるのを、どうにかこらえた。

「大丈夫です。春に出てきて、すぐいなくなっちゃうので、球根を傷つけないよう、それだけお願いします」

木綿子はまぶしそうに目を細めて僕を見た。妊娠してから、彼女はよくこの仕草をするようになった。妊娠中は目が敏感になるのだろうかと、ぼんやり考えた。

安定期に入っても木綿子は定期健診に二週に一度の間隔で通っていた。木綿子が健診に出かけた日、ベビーカーを押して散歩していた健ちゃんの奥さんと立ち話をした。その流れで木綿子が健診に出かけていると言ったら、彼女は首を傾げた。

「この間も、健診でしたよね？　もう安定期なのに」

「え？　何かおかしい？」

「高血圧とかの持病がなければ、この時期の健診は月一くらいなんですけど……」

少し引っかかったものの、駅で出迎えた木綿子のいつも通りの顔を見たら忘れてしまった。


冬が訪れたけれど、義父は今年は仕事に行かなかった。居間のストーブの横で、日がな木を削って赤ちゃん用の積み木や、木のパズルを作り続けていた。

木綿子の元には毎日のように来客があった。里の人達が思い出話をしに来ていたのだ。木綿子自身も、学生時代の友人に連絡を取って、重いお腹を抱えながら会いに行っていた。

寒い中、木綿子にねだられて松ぼっくりのジェラートも食べにいった。

「お腹が冷えないように」と言って、木綿子はシングルを選んだ。そのくせ、僕にはダブルを買うようにお願いしてきた。

味を選ぶところで、いつものように悩み出した木綿子に「僕の分も好きな味選んでいいよ」と言うと、うれしそうにうなずいて、抹茶とラムレーズンとミルクを選んだ。

温かな店内で雪景色を見ながらジェラートを食べるというのは、不思議な感覚だった。お腹が冷えないようにと言っていたくせに、木綿子は味見と称して僕の分のジェラートもほとんど食べてしまった。

僕が文句を言うと、「だって……」と言いかけた言葉を呑みこんだ。その続きがわかったから、僕ももう何も言わなかった。

『だって、ここのジェラートを食べられるのは、これが最後だから』

木綿子が呑みこんだのは、そんなセリフだったのだろう。

帰る前に、ほんの少しだけカラマツ林を散歩した。雪のこびりついたカラマツの木は、白いクリスマスツリーのようだった。枝からすべった雪が音もなく、白い糸を引くように落ちていった。

年が明け、木綿子のお腹は、ゴムまりでも入れたように膨らんでいた。今まで僕は妊婦さんのお腹は柔らかいものだと思いこんでいたのだけど、木綿子のお腹はハリがあって、感触までゴムまりのようなのだった。

木綿子がお腹を撫でて、「蹴ってる」と僕を呼ぶ。そっと手を当ててみると、確かにトントンと中から蹴っているのが伝わってくる。まるで、世界へのドアをノックしているようだった。

(この子ももう、生きているんだな)

お腹の子供が大きくなるにしたがって、木綿子の残り時間はなくなっていく。考えないようにしていても、時々叫び出したくなった。

普通の夫婦ならばこの時期、子供が生まれる日を待ちわびて、生まれた後のことを楽しく語らうのだろう。

僕にとってその日は、期待に満ちた日であり、絶望の日でもあった。

根こそぎ抜かれた花のように、土の中に黒々とした不在を残して、木綿子は行ってしまうのだろうか。その穴を埋められるものなど、きっとありはしないのに。

木綿子は着々と赤ん坊のための居場所を整えて、自分の持ち物の整理も始めた。夏物の服を段ボールに詰めて、押入れの奥にしまうのを見た時は、やめてくれと叫びそうになった。

大学時代から着ていた、小花柄のワンピースや水色のスカートや、ガーゼ素材のブラウス。木綿子が気に入っていて、僕も気に入っていたそれらの服に、木綿子はもう袖を通さない覚悟でいるのだ。

やめてくれと叫ぶ代わりに、僕は外へ出た。真っ白な雪に覆いつくされた世界に足跡をつけながら、泣き場所を求めて歩き続けた。

僕が辿り着いたのは丘の上のハクモクレンの木だった。丘の上にはすでに、往復した足跡があった。

木に辿り着くと、根元の雪にポツポツと穴が開いているのが見えた。何だろうと考えるより先に、こらえていた涙があふれていた。

結婚したらその先に、子供のいる生活が当たり前にあるのだと思っていた。愛する妻と愛する子供がそばにいる生活。結婚すれば、それが手に入るのだと思っていた。

どうして僕には、それが許されないのだろう。どうして木綿子なのだろう。

木綿子を、失いたくない。

涙がボロボロとこぼれて、雪の上に落ちていった。僕は木にしがみついて、声を上げながら泣いた。

いつか木綿子の言った言葉が、頭に鳴り響いていた。

『先輩、きっと後悔します。私と出会わなければよかったたって』

誓ったはずだった。後悔などしないと。

ふっと、足元を見て、僕は息を呑んだ。僕の涙が落ちた場所。そこの雪に穴が開いている。涙が雪に穴を穿ったのだ。

それを眺めていて、僕は気がついた。僕が来る前にも、同じような穴が雪に開いていたことを。

丘を往復していた足跡。雪に開いていた涙の跡。

(——木綿子だ)

服を整理する前だろうか。木綿子もまた、ここへ来て、僕と同じように涙を流したのだ。

僕の前でいつも、木綿子は平然としていた。死神など少しも怖くないと言うように。この世にはもう、未練はないと言うように。

僕は思い出していた。イーハトーヴォの空を見ながら、木綿子もまたうんと空を仰いでいたこと。妊娠してから、よくまぶしそうに目を細めていたこと。

木綿子も、涙をこらえていたのだ。

僕ばかりが辛いのだと思っていた。そんなはずはなかった。僕や義父や赤ん坊を置いていかなければならない木綿子のほうが、ずっと辛かったのだ。

童謡を歌いながら、絵本を読みながら、保育園用のバッグを縫いながら、そばにいたいと木綿子は思い続けていたに違いない。子供のそばにいたい。この手で抱きしめてあげたい、と。

木の幹に耳を寄せると、木綿子の声が聞こえる気がした。

ごめんなさい。そばにいてあげられなくて、ごめんなさい。何もしてあげられなくて、ごめんなさい。

「後悔なんて、しない」

涙を拭いて、僕はハクモクレンに誓った。

木綿子と出会ったことを、結婚したことを、子供ができたことを、後悔なんてしない。

僕がこの手で、二人の子供を育てていくのだ。木綿子の愛情と思いを伝えながら。

それは、僕にしかできない仕事だ。

見上げたハクモクレンの木は、いつものように無言で僕を見下ろしていた。木綿子には届くはずの幾つもの言葉が、きっと今も降り注いでいる。

ブロンズのように黒光りする枝の先には、春を待つ冬芽がついていた。温かな毛皮に覆われたその芽は、まるでおくるみに包まれた赤ちゃんのようだ。かすかに光輝く冬芽は、春を待ち望んでいた。

春が来れば子供が生まれ、木綿子はいなくなる。

臨月が来て、木綿子は週に一度のペースで健診に通うようになった。その頃から、病院へは毎回僕が送り迎えし、診察にも立ち会った。エコーでみる赤ちゃんは、いつも黒い姿で丸まっていて、これがいつか歩き出してしゃべり出すなんて、想像もつかないような感じだ。それでもその体の中心では、いつでも心臓が確かな鼓動を打っていた。

そして、診察室に響く、赤ちゃんの心臓の音。その力強い音を聴くたびに、僕は励まされ、しっかりしろと叱られているような気にもなるのだった。

一日、一日と、予定日は近づいてきて、木綿子との残り時間はなくなっていく。

毎回病院につきそいながら、僕は頭の中で陣痛が来た時のシミュレーションを し続けた。いつもの道路なら二時間がかかり。高速を使えば一時間二十分。盛岡の街中は場所によって渋滞するので、それも考慮しておかなければならない。

予定日の、二日前のことだった。

その日義父は、親戚に不幸があって隣町へと出かけていった。伯父さんのお葬式だということで、出ないわけにはいかないのだそうだ。家に一台しかない車は、陣痛が来た時のために置いて行くので、バスを乗り継いでいくのだという。

「何かあったら、すぐに電話してけで」

義父は僕に、出かける先の家の電話番号を手渡した。まるで、何かを予感しているようだった。

悪い予感というのは当たってしまうものだ。木綿子に陣痛が訪れたのは、昼前のことだった。

「まだ、大丈夫そう」

と木綿子は言いながら、持ち物のチェックをしていたのだけど、突然「いたた」と声を上げてうずくまった。

「病院、行く？」

「待って、お父さんに電話しないと」

義父に渡されたメモに電話をかけると、留守番の人が出て、今まさにお葬式の最中なのだという。すぐに帰って来てほしいと、義父への伝言を頼み、電話を切った。

「お父さん帰るの、待ってる？」

「うーん、待って、あいたたた」

陣痛の間隔は十分ほどになっていた。病院に電話して移動に時間がかかることを伝えると「すぐに向かってください」と慌てたように言われた。

「出よう。間に合わなくなる」

「でも、お父さんが……」

木綿子も義父もまた会えると思いながら、朝別れたのだろう。出産の前に、どうにか会わせてあげたい。

僕は健ちゃんの携帯に電話をかけて、手短に今の状況を説明した。仕事中だというのに健ちゃんは「俺にまかせておけ」と力強く言ってくれた。

「大丈夫。健ちゃんが迎えに行ってくれるって」

「間に合うかな？」

「間に合うよ。大丈夫だから、木綿子は無事に子供を産むことだけ考えて」

軽トラックの荷台に荷物を積みこみ、助手席にクッションを敷きつめて、木綿子を乗せた。軽トラックは体調の悪い人を運ぶのには向いていない。つわり中の木綿子を乗せた時も、途中で何度も気持ち悪くなっていた。

　なるべく車が揺れないように、それでもスピードは早めにして、落ち着け落ち着けと自分に言い聞かせながら僕は車を走らせた。高速に乗り順調に病院に近づいていたけど、盛岡の街中に入ると信号待ちの渋滞にはまってしまった。

　木綿子が痛がる間隔はさらに短くなっていた。義父どころか、僕らまで間に合わなかったらどうしようと、嫌な考えが浮かんで冷や汗が流れる。

　見慣れた病院が視界に入り、無事に駐車場に車を停められて、僕はほっと肩の力をゆるめることができた。だけど休んでいる暇はない。

　すぐに木綿子の肩を支えながら中に入ると、診察となった。それを待つ間にスマホをチェックするけれど、健ちゃんからは何の連絡も入っていない。こっちに向かってくれていると信じて、待つことにした。

　木綿子はいつ破水してもおかしくないということで、そのまま分娩準備室へと案内された。

　ベッドに横になって、木綿子はやっと体を休められたようだった。けれど安心した顔になったのもつかの間、すぐに陣痛で苦しみだす。

　僕は本で読んだとおりに、木綿子の腰をこぶしで押してやった。

「んー、もっと強く」

「こう？」

うめき声がしばらく続くけど、痛みが治まるとたんに楽になるらしい。木綿子の眉間からしわがなくなり、ベッドに起き上がったと思うと着替えをすませ、髪をまとめ、水分補給をし、次の陣痛に向けて備えている。

「あー、痛い痛い痛い」

また陣痛に襲われて、木綿子の顔が歪む。握られた手にギュッと力がこもる。木綿子の額に汗が滲んできたので、タオルで拭いてやった。

「お父さん、来てくれるかな」

痛みが引くたびに、木綿子は僕にたずねてきた。

「大丈夫。きっともうすぐ着くよ」

健ちゃんにはスマホから何度かメッセージを送っていたけど、運転中なのか返事はなかった。

そもそも健ちゃんは病院の場所を知っていただろうか。一度外に出て、電話をしようかと考えていた時、看護師さんがドアを開けた。

「花守さん、そろそろ分娩室に入りましょうか」

「あ、あの、もうちょっとだけ待ってもらえませんか。家族が来る予定なんです」

「ご家族なら、待合室にいていただければ……」

「産む前に会わないと、ダメなんです」

僕の必死さに、看護師さんはとまどったような表情を浮かべた。

「じゃあ、もう五分だけ……」

看護師さんがそう言いかけた時、廊下の方から声が響いた。

「木綿子ぉ！　生きてるかー⁉」

「健ちゃんだ」

思わず木綿子と二人顔を見合わせて、笑い出してしまった。

「五分だけですよ」

と念を押して、看護師さんは義父と健ちゃんを部屋の中へ通してくれた。

「産まれるのか？」

義父は喪服のままだった。ネクタイだけははずしているけれど、線香の香りがする。

木綿子はうなずきながら、義父の手を握った。

「お父さん、この子と温人さんのこと、お願いします」

「大丈夫だ。おめえは何も心配しないで、産んでこい」

「うん。ありがとう、お父さん。授業参観も運動会もみんな来てくれて、ありがとう。お父さんの卵焼きおいしかったよ」

「木綿子の卵焼きには、負けるって」

こらえきれないように、義父がすすり泣いた。

「健ちゃん」

木綿子が声をかけると、義父の後ろに立っていた健ちゃんは、すでに泣いていた。義父と右手を繋いだまま、木綿子は左手を健ちゃんに差し出した。

「一緒にいっぱい遊んだね。カブトムシも捕りにいったね。うちの娘にも、カブトムシの捕り方教えてやってね」

「当たり前だ。売るくらい捕まえてやるよ」

「そんなにはダメよ」

木綿子に冷静にたしなめられ、健ちゃんの涙が引っこんだ。

時間が来て、何も知らない看護師さんが健ちゃんと義父を待合室へ案内する。

そして僕は木綿子の手を引きながらゆっくりと、分娩室へ移動した。

分娩室へ入る前、木綿子が耳元でささやいた。

「あのね、丹市パンは、ラズベリーとミルククリームの組み合わせもおいしいのよ」

「は？」

何故このタイミングでそんなことを言い出すのか。そもそも木綿子はいつ、丹市パンを食べに行ったのか。

深く考える間もなく、いよいよお産が始まった。

分娩台の周りには、木綿子と赤ちゃんの心拍を表示するモニターが並んだ。看護師さんと助産師さんと主治医の先生とが、木綿子の状態を確認しながら声をかけてくれる。

僕はひたすら木綿子の手を握り、「頑張れ」と声をかけ続けるしかなかった。

「はい、いきんでいきんで」

助産師さんがそう声をかけるたび、木綿子は顔を真っ赤にして力をこめる。額に汗がふき出して、髪が貼りついてしまっている。タオルでそれを拭いてやりながら、僕はオウムみたいに「頑張れ」と繰り返していた。

頑張れ。頑張れ。

木綿子が頑張った先にあるのは、死なのに。

それでも僕は最後の最後まで、奇跡を信じることにした。木綿子だけは例外かもしれない。子供も木綿子も生き残る道があるかもしれない。

木綿子が悲鳴じみた声を上げる。

「頑張って、もう少し、もう少し」

助産師さんの声に合わせて、痛いほどに繋いだ手を握られる。

ひと際苦し気に木綿子がうめき声を上げた次の瞬間、分娩室に不思議な音が響いた。

最初はネコの鳴き声かと思った。だけどそれは徐々に力強さを増し、はっきりと赤ちゃんの産声だとわかるものになった。

分娩室中に力強く、新しい命をもらった声が響き渡っていた。

世界へ続くドアをノックし続けていた娘が、この世に生まれて来たのだ。

「おめでとうございます。女の子ですよ」

先生が高らかに宣言した。

「産まれた……。産まれたよ、木綿子」

木綿子は大きく息をついて、腕を伸ばした。赤ちゃんを抱こうとしているのだ。

助産師さんが赤ちゃんの体をきれいにして、タオルに包んで木綿子の腕へと載せてくれる。

生まれたての赤ちゃんは、紫がかった色をしていて、くしゃくしゃの顔で、まるでサルの子供のようだった。

それでもかわいかった。愛しかった。僕ら二人の遺伝子を引き継いだ娘だ。

木綿子は指先でそっと赤ちゃんの頬を撫で「かわいい」と言った。その目から涙がこぼれ落ちる。

「温人さん、後は……お願い……」

木綿子の声が切れ切れになり、突然異質な音が分娩室に響いた。繋がれたモニターが、木綿子の体の異常事態を告げていた。

「何だ⁉」

「お母さんのほうです。血圧低下。心拍も弱まってます」

医師と看護師さんが慌てて木綿子の元に駆け寄る。僕は木綿子の腕から赤ん坊を抱き上げ、それでもまだ祈り続けていた。

どうか、どうか、奇跡が起こりますように。木綿子が少しでも長く、お母さんでいられますように。

「温人さん、ありがとう」

目を開け、僕の顔を見て、木綿子がそう言った。それが最後の言葉になった。

木綿子が目を閉じた瞬間、規則的に鳴っていた心電図モニターの音が途切れた。

「先生、心肺停止です！」

「蘇生措置だ」

看護師さんが応援を呼んできて、もう一人医師と看護師さんが駆けつけてきた。僕は赤ん坊を抱いたまま、部屋の隅へ追いやられ、そこから木綿子の体に機械が繋がれたり、心臓マッサージや電気ショックやらがほどこされるのを見守っていた。

心臓マッサージをしている間は、モニターの心拍の音は続いていく。だけど先生が手を止めると、その音も止んでしまうのだ。

「もう、いいです」

泣きながら僕は言っていた。赤ん坊の頬に涙が落ちて、慌ててそれをタオルで拭って僕は続けた。

「もう、いいんです。これが彼女の運命なんです。もう終わりにしてやってください」

奇跡は起きない。木綿子もまた、運命には抗えないのだ。

医師が手を止める。モニターの線が真っすぐになり、ピーという音だけが響いた。

その音をかき消すように、僕の腕の中でまた赤ん坊が泣き始めた。

第九章　カタクリ

事情が事情なので、娘は木綿子の葬儀が終わるまで、病院の新生児室で見てもらえることになった。

花守の娘の送り方は、やはり独特だった。通夜はやらずに火葬までの時間の中で、里の人々は都合のいい時に花守の家を訪れては、線香を上げて、木綿子の棺に花を入れていってくれた。入れる花に統一性はなく、思い思いの花が、棺の隙間を埋めていった。

野に咲くタンポポやスミレの花、花壇の隅に咲いていたであろうデージーやサクラソウ。枝のままのボケやウメの花。花屋で買ってきたのだろう、ガーベラにスイートピー。

棺の中は春を詰めこんだようになり、仏間は花の香りに満ちた。大好きな春の花に囲まれた木綿子は、かすかに微笑んでいるように見えた。

たくさんの花に囲まれたまま、木綿子は荼毘《だび》に付された。その煙までが、花の香りに彩られているようだった。

そして、木綿子は花に還っていった。


葬儀の日、遺影の木綿子は穏やかに微笑んでいた。木綿子の生前の希望で、祭壇はユキヤナギやナノハナで飾られ、その柔らかな色合いが葬儀の湿っぽさを和らげてくれた。

どこから連絡が行ったものか、葬儀には僕の両親も来てくれていた。だけど言葉を交わす暇もなく、気づいた時には帰ってしまっていた。

全てがすんで、やっと僕は娘のことを考えることができた。迎えに行かなければと、ご近所から借りた車にチャイルドシートを取りつけて病院へと向かった。

新生児室にはたくさんの赤ちゃんが並んでいて、ガラス越しに見られるようになっている。

娘は元気だろうかと、まずはそこで顔を見ようとして、僕はがくぜんとした。娘の顔がわからないのだ。

どの子が自分の子なのかも、わからないなんて。忙しさを言い訳に、一週間も預けっぱなしにしていた自分を怒鳴りつけたい気分だった。

ナースステーションへ行くと、まずはお悔やみを言われた。その後で、一人の看護師さんが一日僕に付き添って、赤ちゃんの世話の仕方を指導してくれることになった。

「普通のお母さんに一週間かけて教えることを、今日一日で全て教えます。頑張ってついてきてください」

いかにもベテランといった雰囲気の看護師さんは、小泉《こいずみ》さんといった。

まずは娘と対面だった。産まれたてでクシャクシャの顔をしていた娘は、大分人間らしい顔になっていた。やっぱり木綿子のほうに、似ている気がする。黒々とした目をして、パタパタと手足を動かしている。抱いてみると、信じられないほど軽かった。少し力をこめただけで骨が折れてしまいそうだ。

まずは授乳からだった。木綿子に教わったとおり、きっちりすりきりでミルクを量り、哺乳瓶に入れ、お湯を注いでから水につけて人肌まで冷ます。そこまではよかった。

赤ん坊を片腕に抱いて、ガーゼを当てて、乳首をくわえさせようとしても、食いついてこない。

「抱き方が嫌なのかな。もう少し立ててみて」

赤ん坊はグニャグニャとしていて、少し動かすだけでも怖い。抱き方を変えてどうにか飲み始めてくれたけど、ミルクは少しも減っていかない。

「時間かかりますね」

「新生児はこんなものです。花守さんのところは完全ミルクになるので、授乳の間隔は三時間空けてくださいね。ミルクは飲み切るようなら少しずつ量を増やしていってください」

ミルクを飲みながら娘はうとうとし始めたが、看護師さんに「げっぷを出させてください」と言われた。

本で読んだとおりに、赤ん坊をたてに抱いて、背中をトントンとしてみる。眠いのを邪魔されて、娘がぐずり出した。

「花守ベビーちゃんはですね、こう肩にかつぐみたいにして、この辺をこうさするようにしたほうが、あ、ほら」

看護師さんが代わってやると、ゲプッと気持ちいいほどの音を立てて、げっぷが出た。

娘が寝ている間に、幾つかの書類を書いたり、細々としたことを教わったりしていると、娘が起きてぐずり出した。

「ああ、うんち出てますよ。じゃあ替えてみましょう」

「大きい……ほうですか」

「男の人は、最初は躊躇《ちゅうちょ》しますよね。でもここを乗り越えないと、何にもできませんよ」

思い切ってオムツを開くと、思っていた匂いと違った。

「赤ちゃんの主食はミルクなので、そんなに匂わないでしょう。ご飯を食べるようになると、うんちも一人前になってくるんですよ」

小泉さんの言うとおりに、娘の足を持ち上げておしりを拭いて、きれいなオムツをつけさせる。人形相手に練習した時とは、感覚がまるで違った。何せ娘は生きていて、足も腕も力加減を間違えたら折れてしまいそうなのだ。

娘が起きているうちに、沐浴《もくよく》と着替えもすることになる。これがまた一仕事だった。僕の抱き方がぎこちないのか、娘は僕が抱くたびに泣き、泣かれると僕は硬直してしまう。

僕があまりにも不安そうな顔をしていたからだろう。小泉さんに言われてしまった。

「この子のおばあちゃんは、子育て手伝ってくれますか？」

「母方の祖母は……いません。僕の母は……」

勘当されたのだから、母に手伝ってくれなどとは言えない。

「でも母方の祖父も、子育て経験者なので」

「義理のお父さんですよね？　頼りにはなっても、あなたが、頼れないんじゃないですか？」

「え？」

「頼れるっていうのは、甘えられるっていうことです。あなたのお母さんにも、応援を頼んだほうがいいと思いますよ。母乳がないっていうだけでも、正直大変ですから」

僕はあいまいにうなずくしかなかった。

小泉さんは、子育て相談ができる機関のパンフレットや電話番号のメモを渡してくれた。

「どうか、一人で抱えこんで無理することだけはなさらないように。辛いと思ったら周りの人にちゃんと訴えるようにしてくださいね」

玄関まで見送ってくれるというので、僕は車寄せに車を回し、小泉さんから娘を受け取ってチャイルドシートに乗せた。ベルトの調節に手間取っている間も、小泉さんは心配そうな顔で見守り続けてくれた。

お礼を言って車に乗りこみ、発車させる。ミラーの中で小泉さんは、いつまでもこちらを見つめていた。

車を走らせていれば寝てくれるんじゃないかと期待したものの、娘はすぐにぐずり出した。病院を出る前にミルクを飲ませてゲップも出させてあるから、お腹がすいたのではないだろう。

手近なコンビニの駐車場に入り、ベルトをはずしておむつをチェックする。おしっこサインは黄色いままだ。

抱き上げて寒くないようにおくるみに包んで、しばらくあやしてみる。コンビニにひっきりなしに出入りする人達は、こちらのことなどお構いなしだ。急に心細くて仕方なくなった。娘を抱えて、荒野に置き去りにされたような気分だった。

木綿子がいてくれたらと、思っても仕方ないことを思ってしまう。木綿子がいてくれれば、娘を伴っての帰宅は、ひたすら幸せな時間だっただろう。

親になるどころか、僕までが迷子のようだ。

どうにか泣き止んだ娘をシートに戻し、またゆっくりと車を出す。いつまたぐずり出すかと心配で、高速には乗らずゆっくりと行くことにした。ミラーでは娘の顔を確認することができず、ちゃんと息をしているかと度々不安になってしまう。少し走っては停められる場所を見つけて、娘の様子を確認したり、時には抱き上げたりして、家に着くまでに三時間ほどかかってしまった。

家の前に車を停めると、辺りはもう薄闇に包まれていた。

丘を振り仰ぐと、そこに白い炎が燃えていた。ハクモクレンの花が、満開になったのだ。

いつの間に花をつけていたのだろう。木綿子の葬儀で慌ただしくしていて、気づく暇もなかった。

娘を抱き上げて、丘の方に向けてやる。

「見てごらん。お母さんの木だよ」

木綿子はきっと、あそこにいる。花となり、あそこから今でも僕達を、見守ってくれている。

その時娘がパッチリと目を開けた。薄闇の中でも黒々とした目が、こちらを見つめているのがわかった。

娘が手をパタパタと動かす。思わず片手をその前に持っていくと、僕の人差し指を小さな手がしっかりと捕まえた。

そして、笑った。

後から知ったことだけど、それは新生児微笑と呼ばれる生理現象で、娘が意思を持って笑ったわけではなかった。

それでも僕は、娘に父親と認められ、微笑みかけられたような気がしたのだ。

これからよろしくね、と。

そうだ。この子にとっては、僕はただ一人の親になるのだ。

この子が一人前になるまで、僕が責任を持って育てていくのだ。木綿子の分も。

「さあ、お家に入ろうか。じいじが待っているよ」

娘に呼びかけながら、僕は重大なことに気がついた。

名前。

名前を何にするか、決めていなかった。

「お義父さん、お義父さん！」

叫ぶようにしながら中に入ると、義父は目を細めて僕の腕の中をのぞいてきた。

「ああ、よぐ来たよぐ来た。めごいこと」

「あの、お義父さん！」

初孫を愛でたい気持ちはわかるが、僕はとにかく話をしなければと必死だった。

出生届を出すのには、確か期限があったはずだ。早く名前を考えないと。

「この子の名前、まだ決めてないんです。木綿子と話しておくんだった」

「ああ、名前か。それなら」

義父が後ろの壁を振り仰ぐ。そこに、赤い日の丸をバックに、命名と書かれた紙があった。

「木綿子に頼まれて、俺が書いた」

命名の下にあった文字は……。

「ひばり？」

ひらがなで、ひばりとだけあった。

「花の名前じゃ、なかったか……」

木綿子が考えたのなら、花の名前にちなんだものだと思っていた。

「花守の娘は、代々白い色にちなんだ名前をつけるんだ。木綿子は、それをやめだんだな」


ヒバリは春の野原で、空に向かって舞い上がりながら、美しく歌う鳥だ。

あの鳥のように、楽しく歌いながら羽ばたいていけと、願いをこめたのだろうか。

家や血すじなど振り払って、自分の道をどこまでも羽ばたいていけと。

「歌のうまい子に、なるべがな」

そう言って、義父が笑った。

その日から、僕の育児生活が始まった。

ひばりへの栄養はミルクで与えるしかないので、間を三時間は空けた方がいい。だけど大抵二時間を超えると、ミルクを欲しがって泣き始めるのだった。

抱っこしてあやしても、僕の抱き方が悪いのかなかなか泣き止んでくれない。

あきらめてミルクを飲ませると、やたらと時間をかけて飲み、ミルクが冷めて結局残してしまう。

娘はミルクを飲みながら気持ちよさそうにウトウトし始めるのだが、ゲップを出させなければ寝かせることはできない。眠りたい娘と、ゲップを出させたい僕との攻防が、毎日続いた。

ゲップも看護師さんがやった時のようにうまくいくことはなかなかなかった。もう出ないだろうとあきらめて寝かせると吐いてしまって、その度に自分のやりかたが悪いからだと落ちこんだ。

二時間おきに泣かれる生活は、昼夜問わず続いた。特に夜が恐ろしかった。やっと寝れたと思っても、娘の泣き声で起こされる。時計を見てもう二時間経ったのかと気づく。胃への負担を考えて、少しでも間隔を延ばそうと抱いてあやしながら三十分ほどを過ごし、根負けしてミルクを作りに向かう。朝が来るまで二回ほどそんなことを繰り返しているので、睡眠をとったという気がしない。

一週間もそんな生活を続けていると、頭がぼうっとして、思考力がなくなってきた。家のことやご飯の仕度は、義父や近所のおばさん達がやってくれていたので、僕はひたすら娘の様子を気にかけ、泣き声がしたら抱き上げ、おむつを替え、次のミルクまであと何分かとカウントした。

義父や近所のおばさん達は僕の様子を心配し、少し寝て来なさいと言ってくれた。赤ちゃんは私達が見ているからと。

それが僕にはできなかった。僕の見ていないところで、娘に何かがあったらどうしようと、不安で仕方なかったのだ。

木綿子に託された子供を、僕が責任を持って育てていく。そのためには、娘が何時間寝て、どれだけミルクを飲んで、何回うんちとおしっこをしたかを、全て把握していなければならないような気がしていた。

二十四時間気を張ったままの毎日が過ぎていった。

正直なところ、赤ん坊の世話をするのがこんなに大変だとは思わなかった。テレビで流されるＣＭの赤ちゃんはいつも笑っているか、穏やかに眠っているかで、世話をするお母さんも幸せそうに微笑んでいる。実際にやってみるまで、僕の子育てのイメージはそういうものだった。

きっと、僕ばかりが大変なわけじゃない。みんなこうやって、育てられたのだ。僕自身も。

人間の数だけこの苦労をして育てた人がいるのだと思うと、全ての母親を尊敬してしまう。いつか義父が言った言葉が、思い出された。

『母親っていうのは、えらいもんだよ。あんだも、おふくろさん大事にして』

もう会えない母親のことを思う。何の親孝行もできなかったなと、後悔ばかりが募った。

もう一週間が過ぎたけど、ミルクの量はなかなか増えていかなかった。体重がちゃんと増えているかと心配で、小屋にあった量りにカゴをくっつけて、娘を乗せてみた。育児書と見比べて、ため息をつく。あまり増えていない。

やっぱり僕の育て方が悪いのだろうかと、一人悶々としてしまう。母乳じゃないから。母親がいないから。

カゴの中でひばりがまた泣き出した。抱き上げて座ったままゆっくりと揺らす。一日中、娘の泣き声ばかり聞いている気がする。ひばりの泣き声が、僕を責めているように感じられる。

木綿子、教えてくれよ。こんなんで僕は、本当に一人前の父親になれるのかな。こんな父親でこの子は、かわいそうじゃないかな。君の不在を埋めるだけの力は、僕にはないんじゃないかな。

「ごめんね。こんな父親で」

ふと娘が泣き止んだ。僕の方へと手を伸ばし、僕の頬に触れる。その手がぬれていた。何だろうと、自分の頬を触ると、涙でぬれていた。

「はは。情けないパパだね」

少し気分転換をしようと、顔を洗って木綿子が残していったスマホを持ってきた。もう解約したものだが、充電はしてある。ボイスレコーダーの童謡のファイルをタップして、再生する。とたんに、木綿子の声が流れ出した。

「ゆうやーけこやけーのあかとんぼ」

木綿子がいなくなって、三週間になる。三週間ぶりに聞いた木綿子の声に、気分転換どころか僕の涙はまた止まらなくなった。

「おわれーてみたのーはぁいつのーひーか」

泣きじゃくる僕とは対照的に、ひばりは心地よさそうに木綿子の歌声に聞き入っていた。

「ひばり、これが、ママの声だよ」

ママはお前のために、愛情をこめたものをたくさん残していってくれた。それがお前の人生の支えになると信じて。

僕も泣いている場合じゃない。ひばりのために、一人前の父親にならなければば。

ミルクを飲ませてゲップも出させて、寝ついた娘をそっと布団の上に着地させる。頭の下から腕を抜く瞬間は、いつも緊張する。ここで起きてしまって、全て台無しになったことが何度もあったからだ。

すうすうと寝息を立てる娘を確認して、やっと肩の力を抜くことができた。自分も少し横になろうと、娘の横に枕を敷いて、畳の上に転がる。連日の睡眠不足のせいで、どうやらそのまま寝入ってしまったようだった。

目が覚めて、どれくらい寝ていただろうと時計を確認する。二時間。そろそろ娘が起きてぐずり出す頃合いだ。そう考えながら、隣に敷いたベビー布団に目をやって、肝が冷えた。本当に一瞬で内臓が凍りついたように、ゾッとした。

ひばりが、布団の中にいない。

義父だろうかと考えたけれど、午後から買い物に行くと言っていたはずだ。おむつやミルクも頼んだから、いつもより遠出していることだろう。

じゃあどうして、ひばりが布団にいないんだ。

冷や汗をかきながら引き戸を開けた僕の目に飛びこんできたのは、ここにいるはずのない人の姿だった。

「え、何で？　母さん？」

勘当されて以来会っていなかった母が、目の前にいた。その腕の中には、ひばりがしっかりと抱かれている。

ご機嫌そうなひばりの姿に、ひとまず胸をなでおろすと、母が説明してくれた。

「訪ねてきたのに、声をかけても誰も出てこないからさ。悪いとは思ったけど、上がらせてもらったのよ。玄関の鍵かかってなかったし」

家にいる時は、確かに玄関の鍵などかけない。

「だったら、起こしてくれればいいのに」

「疲れて熟睡している息子を、起こせるもんですか。で、この子が隣でパッチリ目を開けてこっち見てたから、かわいくて抱っこしてたのよ。あー、孫だわ孫。おばあちゃんですよー」

ひばりに頰ずりしている母は、昔と変わらない母だった。勘当されて、ここ数年関係が途絶えていたなんて、まるでなかったことのように。

「あのさ、僕勘当されてなかったっけ？」

その時廊下側の戸がスッと開いた。

「おい、お前も木綿子さんに、線香あげないか」

そこにいたのは父だった。数年前より白髪が増えて、体も少し縮んだような気がするけど、正面に立たれると思わずひるんでしまう存在感はそのままだ。

「おう」

父は僕に向かって、それだけ言った。そして気まずそうに目をそらす。

「ほら、線香線香」

「はいはい。ちょっと待っててねー。あ、この子、名前は決めたの？」

「ひばりだよ」

「ひばりちゃーん、ばあば、すぐに戻ってきますからねー」

ひばりが僕の腕の中に納まり、父と母は仏間に消えていった。

仏壇の前には祭壇を置いて、木綿子の写真と遺骨とを置いてある。四十九日がすんだら、お墓に納めるのだ。

ひばりを抱いて立ったまま、僕は両親が線香を上げる姿を見守っていた。

ひばりのミルクの匂いと、線香の匂いが混じり合って、何とも言えない気分になる。

こちらを向いて座った母に、「あんたも座りなさい」と座布団を勧められた。

「木綿子さんね、うちに来てくれたのよ」

「え？　いつ？」

「お腹が大きくなってから、月に二回くらいは。臨月の辺りまで、来てくれてたわよ」

「そ、そんなに？」

そういえば、妊婦健診の回数がおかしいと、健ちゃんのお嫁さんに言われたことがあった。あの健診の半分くらいは、僕の実家に行っていたということか。

「よく、家がわかったね」

「だって、私木綿子さんとは、メールやりとりしてたもの」

「ええ⁉」

思わず大声を上げたら、腕の中でひばりがビクッとなった。

「ああ、ごめんごめん。メールって、何で、僕知らないんだけど」

「温人には内緒って、言っておいたもの。あんたが引っ越す時の荷物に、木綿子さんへの手紙を入れておいたでしょ。あれにメールアドレス書いておいたの。こっそり、あんたの様子を教えてもらおうと思って」

母の隣では父が苦い顔をしていた。

「勘当された息子とは連絡取れなくても、お嫁さんとなら構わないかなーと思って」

父に当てつけるように言って、母はふふんと笑った。

「結婚式の写真も送ってもらったし、あんたが田植えでまごついたのも教えてもらったし、リンドウの花もお米も送ってもらったわよ」

僕は頭を抱えた。全部、筒抜けだったなんて。

「妊娠したって聞いた時、初めてお父さんにも木綿子さんとのやりとりを教えたの。怒られて、三日くらい口きいてもらえなかったけど」

肩をすくめて、母は続けた。

「安定期に入ったころ、木綿子さんが初めてうちを訪ねてきてくれたの。お父さんと話がしたいって。でもこの人、この通りの頑固者だからね。勘当した息子の嫁さんには会わないって、部屋にこもっちゃって。結局その日は二人で丹市パン食べて終わりだった」

「丹市パン！」

分だった。

「何よ」

「ラズベリーとミルククリーム！」

木綿子が分娩室に入る前に言った、あの謎の言葉だ。

「ああ、私が教えてあげたのよ。あんたはラズベリー食べたことないでしょ」

そういうことだったのかと、胸につかえていた小さな石ころが取れたような気分だった。

ささやかな謎が解けた爽快感を味わっていると、母が話の続きを始めた。

「二週間後にまた来てくれてね。あんたの昔の写真見ながらおしゃべりしたり、私の手料理食べさせたり。楽しかったわ。お嫁さんができたら、こういうことしたいって思ってたのが叶ったんだから。おかあさんって呼んでくれたのよ。あんた以外の人に、そう呼ばれる日が来るなんてね」

感慨深げに言って、母は少し涙ぐんだ。

「それからも二週に一度くらい来てくれて。私の肩をもんでくれたり、私が木綿子さんの足をマッサージしてあげたり。そうするうちに、やっとこの人も出てきてくれるようになって。ポッポッ木綿子さんと話もするようになって。お父さん、やっぱりあんたのこと気になってたのね。仕事はちゃんとやれてるのか、集落の人とはうまく付き合ってるのかって、聞き出してたわ」

ばつが悪そうに、父がせきばらいをした。

「それで最後に来てくれた時にね。そろそろ臨月ね、楽しみねってお腹撫でてたら、突然木綿子さんが言ったのよ。赤ちゃんが生まれたら、私は死にますのでって。びっくりっていうか、何の冗談だろうって思ったわよ。でも真剣な顔だし、お腹大きいのに無理して正座して頭下げようとするから、慌てて止めたら、『後生ですから、勘当を解いて、温人さんを助けてあげてください』って。若い子が後生だなんてね。あんまり真剣に頼むから、大丈夫よ、任せておいてって返したんだけど。まさか本当だったなんて……」

母が言葉を途切れさせて、遺影の木綿子を見つめる。僕もそれを見つめた。穏やかに微笑む木綿子がそこにいた。傍らには、結婚祝いにもらった花瓶にスイセンが活けてある。

「あんたにはもったいない、いいお嫁さんだったわ。最後にちゃんと、私達に親孝行してくれたんだから」

僕の両親の話になると、木綿子はいつもすまなさそうにしていた。ここに婿入りしたために、僕が勘当されてしまったから。

最後の時間を割いて、僕の代わりに親孝行してくれたのだろうか。そして育児に追われるであろう僕を、助けてほしいと頼みこんでくれた。

「全然、知らなかった……」

「後生なんて言われちゃったんだから、木綿子さんの頼みを聞かなきゃと思って、お父さんの説得にかかったわけよ。でもまあこの人も、あれだけ啖呵《たんか》を切ったんだから引っこみがつかないらしくて。勘当を解かせるのに、今までかかっちゃったのよ」

「え、じゃあ……」

思わず父の方を見ると、しっかりと目が合った。今度はそらされることもなく、それでも気まずそうな表情は変わらずに、もごもごと声が返ってきた。

「まあ……お前もそれなりに農家の仕事ができるようになったようだし、地域にもなじめているようだし……他ならぬ木綿子さんの頼みだ。つまり」

「はっきり言ってくださいな」

母に背中を叩かれて、父は言った。

「勘当は、解消だ」

「あ、ありがとう」

じんわりと、胸に温かいものが広がっていく。勘当された時は、もう二度と二人に会えないかもしれないと思った。こんな日が来るなんて。

「その、俺も、抱いてもいいか？」

父が僕に向かって腕を差し出す。その上にひばりをそっと置いた。とたんに父の目じりが下がった。デレッとしか表現できない風に。

「いいなあ、女の子は。ひばりちゃんか」

「お父さん、次は私の番よ」

「お前はさっきも抱いてただろうが」

ひばりを取り合う二人を見ていたら笑いがこみあげてきて、それなのに僕の目には涙が滲んでいた。

こんな光景を見られるとは思っていなかった。木綿子がこれを、僕にプレゼントしてくれたのだ。

木綿子に好きだと言われたのは、本当に数えるほどだった。木綿子は愛情表現が下手くそで、むしろ結婚前のほうが甘え上手だったようにも思う。

その木綿子の精一杯の愛を、今僕は感じていた。

限られた時間を使って、僕のためにこの光景を用意してくれた。どれだけ言葉を尽くされるよりも、愛されていると思えた。

(ありがとう。木綿子)

ひばりがお腹がすいたと訴え始めて、僕はミルクを作りに台所に向かった。

買い物から帰ってきた義父は、両親を見て「じゃじゃじゃじゃ」を繰り返した。

「お葬式の時は、びっくりしていた。つまり、お構いもできませんで」

「いいえ、こちらこそ、お手伝いできなくてすみませんでした」

ひばりが眠そうなので、寝かしつけるために隣の部屋にこもる。部屋を出ると、父が帰り支度を始めていた。

「もう、行くの?」

車に乗りこんだ父はうなずいた。

「ああ、次の休みにまた来る」

母が僕の後ろに立ったままなので、「乗らないの?」と声をかけた。

「私はしばらくここに泊まりこむことにしたから」

「何それ。聞いてないんだけど」

「こちらのお父さんには、もうお話ししてあるわよ。あんた、全然寝れてないみたいじゃない。赤ちゃんのお世話させてもらうわ」

「でも、父さんの世話は？」

　僕がそう言うと、父も母も声を上げて笑った。

「うちのお父さんは、赤ちゃんじゃないでしょ。自分のご飯くらいどうにかするわよ」

「その通り。じゃあ、またな」

　あっさりと父は車を出し、後には母と大きなカバンに詰まった荷物が残されていた。最初から泊まりこむつもりで、来てくれたらしい。

　使っていない部屋に母を通し、押入れから布団を出すと、「後は自分で適当にやるから」と母は言った。

「まだ慣れてないから、今夜は無理だけど、明日から夜の世話は、あんたと私の一日交替でやることにしましょ」

「いや、無理だって。ひばりは、僕じゃないと……」

「無理でもなんでもいいから。明日からとにかく寝なさい。私が当番の日は、赤ん坊の心配はせずにとにかく寝ること。それが仕事だと思って」

「でも、どれだけミルク飲んだか、把握しておきたいんだ」

母はため息をついて、首を振った。

「じゃあ、ノートにつけておくことにしましょう。そうね、私もそんな風だったわ、あんたを産んだ時。ちょっと目を離しただけで赤ん坊が死んじゃう気がして、横で寝てても熟睡なんてできなかった。あんたが二歳になるまでは、トイレも三分以内ですましてたからね」

「父さんは、手伝ってくれなかったの？」

「俺が抱いても泣くからって、逃げてばっかり。こういうの何ていうんだっけ、ワン、ワン……」

犬かよ、と心で突っこみながらたぶんこれだなと口にする。

「ワンオペ？」

「そうそう、ワンオペ育児。昔は母親一人で育てて当たり前って言われてたからね。しんどくても、それが当たり前だと思ってたわ。ものすごい頑張ってるのに、給料が出るわけでもないし、だーれもほめてくれないし。ここだけの話、何もかも放り出して、家出したくなったことが何度かあるのよ」

以前の僕だったら、家出という言葉にショックを受けたことだろう。母親の愛情も疑ったかもしれない。でも今の僕には、その気持ちがよくわかる。子供への愛情があるから、しんどいのだ。子供の成長に責任を感じているからこそ、気が張って押しつぶされそうになる。

「どうやって、乗り切ったの？　そういう時期を」

誰がほめてくれるわけでもない。報酬が出るわけでもない。何の励みもなしに、人は暗いトンネルを歩き続けられない。

「十年後の自分が、ほめてくれる」

そう言った母は、誇らしげだった。

「十年後の自分がきっと、今の自分をほめてくれる。感謝してくれる。あの時頑張ったおかげで、今の私があるって。そう、自分に言い聞かせ続けて、乗り切ったのよ」

心に、小さな火が灯ったようだった。暗いトンネルの中で見えた、希望の灯。

「十年後の自分は、ほめてくれた？」

「あったりまえじゃない。十年後どころか、三年後、五年後、七年後。思いっきり叫んだわよ。ありがとう。あなたのおかげで、今の私は幸せよって。今も、叫びたい気分」

僕は、一人じゃないんだと、そう思えた。

木綿子がいなくなってから、一人で頑張らなければとそればかり思っていた。

ひばりの親は僕しかいないんだと。

でも僕は、一人じゃなかった。僕と同じ思いをしながら、僕を育ててくれた人がここにいた。義父もまた、僕と同じ苦労をして木綿子を育てあげたのだ。

人一人が一人前になるまでに、どれだけの手がかかることか。

でもみんな、そうやって大きくなっていくのだ。

「あんたの場合はね」

母がそっと、僕の頭を撫でた。子供のころなぐさめてくれた時と、変わらない手つきで。

「木綿子さんが、ほめてくれるよ」

初めて母にひばりを預けて、一人布団に横になった夜は寝ようと思っても眠れなかった。ひばりの泣き声がするたびに目を覚ましてしまい、その様子に耳をそばだててしまう。

結局いつもの夜と同じくらいに寝不足で朝を迎えて、顔も洗わずひばりの様子を見に行くと、すやすやと寝ていた。その顔を見て、僕じゃなくても大丈夫なんだと、肩の力が抜けた。

次の非番の夜には熟睡することができて、久しぶりにシャキッとした頭で起きることができた。睡眠が足りていると、ひばりが泣いても追い詰められたような気にならない。

そして母には、言いたいことが言えた。

義父や近所のおばさん達には、やっぱり僕は遠慮してしまっていたのだ。ひばりの世話のことで思うことがあっても、口に出せないでいた。

だけど母になら、言えた。そのやりかたは、今は違うと。男の子と女の子は違うと。それでケンカになってしまうこともあったけど、僕のストレスは減った。

あの看護師さんが言っていたのは、こういうことだったんだなと、その時わかった。ケンカになるのも、母に対する甘えだった。

そんな日々を積み重ねて、ひばりは生後一か月を迎えた。一か月健診の結果は異状なし。少し小さめだけど、ゆっくりと確実にひばりは成長していた。

だけどそのころから、ひばりは布団で寝るのを嫌がるようになった。腕の中で寝ついても、布団に置いた瞬間に起きてしまうのだ。

背中スイッチという言葉を教えてくれたのは、健ちゃんのお嫁さんだった。

「うちの子はなかったんだけど、結構いるらしいのよ。下に置いたとたんパチって目を覚ましちゃう子。まるで背中にスイッチがあるみたいでしょ」

その言葉と一緒に教えてもらった対策を、あれこれ試してみた。シーツの素材を変えてみる。布団を温めておく。おくるみにくるんだまま、下ろしてみる。そのどれもが、ひばりには効果がなかった。

赤ん坊は寝かせなきゃならないという使命感にかられた僕は、布団に下ろさず抱っこしたまま昼寝させるという方法を選んだ。ひばりが寝ている間はトイレも我慢し、座ったまま動かずにいるのだ。それでも夜はさすがに、その方法は無理だった。抱っこしたまま僕が寝て、ひばりを押しつぶしたりしたら大変だ。

夜の間、何度も寝かしつけに失敗し、寝不足で朝を迎えると母に心配された。

「また、寝れなかったの？」

「うん、下に置くと起きちゃうってのを繰り返してね」

黙って聞いていた義父がぼそりと言った。

「座布団は試してみたか？」

「座布団？」

「こう、薄い座布団に赤ん坊を乗っけで、そのまんま寝かしつけんだ。それで寝たら、そのまんま布団に置ぐ」

「座布団か。でも、座布団って、固くない？」

言いながら、何かが頭の片隅にちらつくのを感じた。薄い座布団状の物……。

赤ちゃんを乗せるのに、うってつけな……。

と……。

「トッポンチーノ！」

叫んだ僕に、義父と母が目を丸くした。

「何だ、それ」

「なあに、それ」

二人にひばりを見ていてもらって、僕は押入れを引っかき回した。木綿子が用意しておいてくれた、あれじゃないか。

ようやく箱の中からそれを見つけ出すと、ひばりの元へ戻る。

「何だ、そったらいいのがあったのが」

「早く使いなさいよ、もう」

「木綿子が作っておいてくれたんだけど、何に使うのかわからなくて、忘れちゃってたんだ」

早速ひばりを乗せてみると、頭の周りに縁取りのレースが広がってかわいらしい。素材がオーガニックコットンなので、肌に触れていても安心だ。何より抱っこしていて安定感がある。

昼寝の時に使ってみると、あっけないほどにうまくいった。トッポンチーノのおかげで、背中の変化がわかりにくいのだろう。それでいて、抱くのに邪魔にもならないという優れものだった。

ぐっすり眠った娘を見て、母がささやいた。

「不思議ね。必要になることを知ってたみたい。木綿子さんには、未来が見えたのかしら」

そんなはずはなかった。木綿子には確かにちょっとだけ不思議な力があったようだけど、未来がわかるなんてことはなかっただろう。

木綿子もまた、僕と同じく子育ては素人だった。それでも情報を集め、調べて、想像して、少しでも僕の負担を和らげるものを残していってくれたのだ。あの、貴重な時間を使って。

木綿子の体はここにはないけれど、見えない手で赤ん坊を守り続けているようだ。その手が僕のことも支えてくれている。

ひと月ごとに目に見えてひばりは大きくなっていった。首がすわり、ミルクの量が増えて、今度は太り過ぎじゃないかと心配になるほど、ぷくぷくとしてきた。何にでも手を出しては口に入れるため、小さな物は出しっぱなしにできなくなった。

その頃からまたリンドウの出荷時期になり、僕も作業小屋に詰めなければならなくなった。夏場は近所のおばさん達も農作業で忙しくなるため、なかなか手伝いに来てくれなくなる。結果、家のこともひばりのことも母に頼りっぱなしになる日々が続いた。週末になると父までが泊まりこんで、ひばりの世話やら、リンドウを束ねる作業やらを手伝ってくれた。

ひばりは寝がえりに成功し、ずりばいもできるようになった。自力で移動するようになると、また気をつける部分が増える。ひばりが口に入れそうな物は全て棚の上へと移動し、棚の下の部分は空っぽになった。

そうして、あれこれチェックしていて気づいたのだった。テーブルの角の部分や、低い棚の角の部分に、クッション素材のガードがつけてあることに。誰がやったのだろうと、義父や母に聞いても首を振るばかりだ。

「木綿子がいだころには、もうあったど思うけど」

義父が自信なさげにそう言う。

「木綿子の仕業か」

三人で顔を見合わせて、苦笑してしまった。

本当に木綿子は、どこまで先を見越して準備していたのだろう。こんな風に時々、木綿子の見えない手が差し出されて、僕達は驚かされてしまう。

秋の彼岸の忙しさが過ぎてから、ひばりの離乳食を始めた。レシピブックの離乳食のページを開くと、木綿子の字で炊飯器でおかゆをまとめて炊く方法が書いてある。しかも月齢に応じて、お米一合に対して水はこれくらい、と細かく記してあった。

レシピ通りに炊飯器でおかゆを炊き、お釜にブレンダーを入れて恐る恐るスイッチを入れる。結構な音がして、母が「何事?」と飛んできた。数十秒で、おかゆはどろどろになっていた。

「信じられない、こんなあっという間にできるなんて」

米とは思えない白い液体になったおかゆを前に、母がため息をついていた。

「一々裏ごしてた、私の苦労は何だったのかしら……」

「その苦労のおかげで、大きくなれたよ」

それでも文明の利器に対する母の敗北感はなかなかのようだった。ブレンダーには意地でも触らず、おかゆを作るのは僕の係になった。ひばりが食べる量など、最初はごくごくわずかなので、残りは製氷皿に入れて冷凍しておけば、温めるだけですぐに使える。

「ブレンダー買って、正解だったね」

思わずつぶやいて隣を見ても、木綿子はそこにいなかった。

秋ごろから母は、家とこちらを行ったり来たりする生活になった。泊まりこむ日数は減っていったけど、それだけひばりに手がかからなくなってきたということだった。

ひばりはぐんぐん育ち、目が合うだけで笑う愛想のいい子になった。ぷっくりとしたほっぺがかわいらしくて、一日に何度もつついてしまう。

いたずらぶりはなかなかのもので、ティッシュの箱もおむつの袋もひばりの手の届くところに置いておけない。

ひばりが寝る時には必ず木綿子の歌声を聞き、うさぎのぬいぐるみを握りしめて眠りにつく。その寝顔を見ながら、今日も乗り切ったと心でガッツポーズをして、ひばりの手からそっとぬいぐるみを引き離して枕元に置くと、僕も横で目を閉じる。

ひばりはご飯の量が増えて、ミルクの回数は減ってきていたけど、まだ夜中に二度ほどは目を覚ましてしまう。寝れるときに寝ようが、僕のモットーになっていた。

だけどその夜は、なかなか寝つけなかった。ひばりが寒くないようにと布団を調整して、枕元のうさぎを手に取る。ひばりが口に入れるせいで、耳はよれよれになっているし、よだれのシミがあちこちについている。それでもどこもまだほつれていないのは、木綿子がていねいに縫ってくれたからだ。

これを縫っていた時の木綿子の真剣なまなざしが、まざまざと目に浮かんで、ああしまったと思った。こうなると、寝れなくなる。

ひばりの世話に疲れて、死んだように眠っていたころは木綿子のことを考える暇もほとんどなかった。だが少しだけ余裕ができたこのごろは、木綿子のことを思い出してしまう。

木綿子の子守唄を聞いた後は耳に声が残っているせいで、余計にその存在は鮮やかだった。鮮やかなのに、木綿子はどこにもいない。思わず声をかけて、その不在を確認してしまった時と同じで、喪失感ばかりが胸に響く。

こんな夜は、木綿子が生きていたらと、思っても仕方ないことが頭を埋めていく。

一緒に見たかった瞬間がたくさんあった。ひばりが声を立てて笑った時。ガラガラを自分の手で握って鳴らした時。寝がえりを打った瞬間の、どや顔は最高だった。初めてカボチャを食べた時のしかめ面《づら》。歌に合わせて体を揺らしている姿。テーブルにつかまりながら立ち上がった瞬間。

それを見て、木綿子が何て言ったか、どんな顔で笑ったか。それすら想像できてしまうから、余計に辛くなる。

子育ては苦労の連続だけど、だからこそ子供の成長の瞬間に、親になった喜びと幸せを噛みしめることができるのだ。

木綿子と一緒に、手を取り合って、ひばりの成長を喜びたかった。

外は吹雪で、雪が窓に当たる音がしていた。もう三月だから、これが最後の吹雪になるだろう。

もうすぐひばりは一歳になり、木綿子が死んで一年になる。

木綿子の一周忌は内々でやることにして、近しい親戚と隣近所の人だけを呼ぶことにした。

お寺での法要が終わり、家の座敷で食事会となる。仏壇に飾った花は、『イーハトーヴォの空』だ。昨日木綿子の後輩から送られてきたものだった。この時期に咲かせるのは、温室を使ったのか冷温管理をしたのかわからないけど、とにかく大変だったことだろう。

あらかた食事がすんだところで、僕は立ち上がった。

「えー皆様、本日はお集まりいただき誠にありがとうございました。皆様もご存じの通り、今日は木綿子の命日であり、娘のひばりの誕生日でもあります。せっかく皆様お揃いですので、ひばりの一歳のお祝いを一緒にしていただければありがたく思います」

拍手が返ってきたので、バースデーケーキを登場させた。ひばりでも食べられる、乳幼児用のケーキだ。

ロウソクを一本立てて、ひばりにふうっとやらせてみる。意味が伝わらないようなので、僕が横から吹いて消してやった。

その後は、一升餅の登場だった。一生食べることに困らないようにという意味をこめて、やる風習らしい。健ちゃんのお母さんに教わった通り、餅は二つに分けてある。

健ちゃんのお母さんが出てきて、風呂敷を使ってうまいこと餅をひばりにくくりつけてくれた。背中に一つ、腹側に一つだ。ひばりは突然重しを体にくくりつけられて、不満そうに唇を突き出してブーブー言っている。

「ひばり、たっちだよ。たっち」

「よいしょ、よいしょ」

みんなのかけ声と手拍子にのせられるように、ひばりはテーブルに手をついて立ち上がった。だけど餅の重さでバランスを崩し、すぐに床に転んでしまう。その姿にみんなが笑い声を上げる。

「転んだら、縁起がよくないのかな」

僕がつぶやくと、母が教えてくれた。

「すぐ転ぶ子は、すぐ家を離れないって言われてるから。あんたのそばに、少しでも長くいてくれるんじゃない。そういえばあんたは、餅を背負ったまま、スタスタ歩いていったわね」

再びどっと笑い声が上がった。

今まで見守ってくれた人達が、ひばりの成長を祝ってくれている。それは、一周忌とは思えないような、和やかな時間だった。


帰り際に母が、僕に封筒を差しだした。

「何？　お祝いとかいらないよ」

「ちがうわよ。木綿子さんからの手紙」

心臓を突然わしづかみにされたような気がした。

「な……に、それ」

「最後に会った時に、一周忌が終わったら、渡してほしいって頼まれてたの、はい」

放心状態の僕の手に封筒を握らせて、母は晴れ晴れとした顔をした。

「あー重たかった。じゃあね」

僕の手に、その重たい封筒が残された。もちろん実際に重量があるわけじゃない。それなのに、死者からの手紙というのは、ずしりとした重みが感じられた。

木綿子に、亡くなったお母さんのマフラーを見せてもらった時の感覚と同じだ。

義父にひばりを見ていてもらって、僕は一人寝室にこもった。そっと封筒を開けて、便せんを取り出す。ベージュ色の地で隅にワスレナグサの花の絵が印刷されていた。

懐かしい木綿子の字が、そこに並んでいた。

『温人さんへ
手紙は無事、あなたの手元に届いたでしょうか？　ということは、私の一周忌が終わったころなのだと思います。

ひばりは、ちゃんと大きくなりましたか？　もう歩き出しているんでしょうか？　つかまり立ちくらいかな？　そろそろしゃべりだすころですね。初めての言葉は、何になるかしら。

私は本で知るだけで、実際の一歳の子がどんな風なのか想像することしかできません。それがとても歯がゆくて、悔しいとさえ思います。

きっとこれが最後になると思うから、ちょっとだけ泣きごとを言います。

ひばりの一歳の誕生日を、私も一緒にお祝いしたかった。お餅を背負わせて立ち上がるところを見てみたかった。

それだけじゃなく、たくさんの成長の瞬間を、あなたと一緒に見届けたかった。子育ての苦労をしたかった。おっぱいをあげたかった。子守歌だって、実際に歌ってあげたかったし、絵本も布団に横になって読み聞かせてあげたかった。

私ができなかったこと、見られなかったことは、あなたがその手でして、その目で見てあげてください。

二つ、お願いがあります。

まず一つ目。三つ編みができるようになってください。細い毛糸の束を使って練習するといいですよ。私は保育園時代、三つ編みにしたくても父ができなくて悔しい思いをしました。だから、あなたにはできるようになって欲しいんです。

二つ目のお願いです。

ひばりが色々わかるようになってきたら、自分の誕生日と母の死んだ日が同じであることに気づくはずです。

その時思うはずです。私を産んだせいで、お母さんは死んだのだろうかと。

その問いに対する答えを、あなたは考えておいてください。娘が自分を責めずに納得できるような答えを。

この二つが、あなたへの宿題です。

きっとこの先私が残した物は、どんどん必要なくなっていくでしょう。その分娘が頼るのは、たった一人の親であるあなたの存在です。

だからどうか、どっしりとした父親でいてください。大木のようにゆるぎなく、いつでも娘を受け止められて、優しい木陰を提供できるような父親でいてください。

それが私の、最後の望みです。

木綿子』

何度も何度も読み返して、何度も頬の涙を拭った。

僕が見せたいと思った幾つもの瞬間を、木綿子もまた見たいと願っていたのだ。

でもそれは、叶うことはない。

だったら僕はもう、未来に目を向けるしかない。

木綿子の言った通り、三つ編みの練習をして、ひばりの成長の瞬間を目に焼きつけて、木綿子のくれた宿題を考え続けるしかない。

木綿子の望み通りの、どっしりとした父親になれるように。

死んだ後まで木綿子はこうして、僕の背中を押してくれる。

涙を拭いて居間に戻ると、ひばりは昼寝もせずに機嫌よく遊んでいた。テーブルにつかまって立っていたのが、僕の姿を見つけてうれしそうにこちらに手を伸ばす。

「うわっ、うそ」

「お、おお」

僕と義父の声が重なる中、ひばりはテーブルから手を離し、僕の方へと歩いてきた。一歩、二歩、三歩、と。そして僕の腕の中へ転がりこむ。よろけながらも、ひばりが歩いた瞬間だった。

腕の中の、温かくて柔らかな命のかたまりを、僕は抱きしめた。木綿子の分の愛もこめて。

子育てというのは、生まれた後が一番大変だ。そこからじょじょに、じょじょに、本当にわずかずつ楽になっていく。

ひばりが初めて話した言葉は、周囲の予想を裏切り、『モモ』だった。それがぬいぐるみのうさぎの名前だとわかったのは、だいぶ後になってからのことだ。

ひばりが歩けるようになると、小屋に連れていきベビーゲートで囲って遊ばせながら、仕事をした。リンドウの出荷作業がいよいよ忙しくなってくると、母が泊まりこんでひばりの世話をしてくれた。

木綿子の予言通り、ひばりはだんだん録音の声では満足しなくなった。僕が横で子守唄を歌い、絵本を読み聞かせてやった。

長い冬の時間を使って、僕は一冊の絵本を作り上げた。下手くそな絵だけれど、ひばりにだけ伝わればいいと思った。

いつか、ひばりが自分の誕生日と母の命日が同じだと気づいた時、これを見せるつもりだ。木綿子の宿題に対する僕なりの答えが、その絵本の中に詰まっている。

二歳くらいになると、ひばりは健ちゃんの家に入り浸るようになった。健ちゃんの息子のカズ君にくっついて、何でも真似をしようとする。

夏になると健ちゃんは約束通り、カブトムシ捕りに連れて行ってくれた。娘はそれで虫に目覚めたらしく、庭や野原で虫探しばかりするようになった。

呆れたことに、うちの両親は孫のためだったら虫嫌いを返上して、一緒に野原を駆け回れるのだった。夏の野原で網を振り回しながらトンボを追いかける娘と、それを追いかける両親の姿を見ていると、僕の子供時代の空白部分までが埋められていくような気持ちになった。

ひばりは三歳になると、バスに乗ってこども園に通うようになった。手提げバッグとコップ入れは、もちろん木綿子の手作りのものだ。

毎朝カズ君と一緒にバスを待ち、元気に手を振って園バスに乗りこんでいく。カズ君と仲が良すぎるのが、男親としては心配なところだ。

また、ハクモクレンが満開になる春が来た。家の花壇には木綿子が植えた花達が春を忘れず咲き誇り、田んぼの畔は緑に染まり、タンポポとナノハナが咲き始めている。

娘はこの春、小学校に入学した。うちの両親からプレゼントされたピンク色のランドセルを背負い、木綿子の縫った上履き入れを持ち、三つ編みを揺らして毎日元気に学校に通っている。

今日は小学生になって初めてのお弁当の日だった。気合を入れて作ったお弁当を持たせてやったのだが、帰ってきた娘は気遣うように僕の顔を見て、言った。

「あのね、パパの卵焼き、ひばり大好きなのよ。でもね、ナナちゃんに言われちゃったの。ひばりちゃんの卵焼き、何か茶色いねって。でね、それでね、今度はきれいな黄色の卵焼き作ってほしいな」

ちゃんと僕への気遣いを見せながら、それでも言いたいことは言ってくる。こういう姿を見ると、女の子はすごいなあと感心する。僕なんかこの年頃は、親に気遣いなんてしたことがなかった。

「わかった。頑張ってみるよ」

ひばりはうれしそうにうなずいて、笑顔になる。顔は木綿子の小さいころそのままだけど、一つだけ僕にそっくりな部分がある。眉毛だ。

女の子なのに少し太めの眉で、端の方が逆毛になっているところまで、僕と同じだった。思春期になれば、本人は気にするようになるかもしれないが、僕はその眉を見るたびに娘への愛しさがこみあげてくるのだ。

「庭で遊んでるね」

「車には気をつけろよ。じいじのトラックにもだぞ」

「わかってる」

空のお弁当箱を流しに置いて、さて、とレシピブックを開いてみる。黄色い卵焼きの作り方なんてないよなと、ひとまず卵焼きのページを開いてみると、枠の外に小さな書きこみがあるのを見つけた。

『きれいな黄色にしたい時は、白だしか薄口しょうゆを使うこと』

やられた、と思わず笑ってしまう。木綿子の字だった。

何年経ってもやっぱり僕は、木綿子に助けられてしまうのだ。

庭へ出ると、ひばりが花壇の前に座りこんでいた。

「ダンゴムシでもいたか？」

「ううん。あのね」

ひばりが立ち上がって、僕を振り返る。その顔が木綿子と重なった。

「よく頑張ったね、パパ」

「え、何を？」

「わかんない。この花が、そう言ってたの」

ひばりが花壇を指さす。その先に、見知らぬ花が咲いていた。薄紫色で、うつむくように花を開いている。

ああ、カタクリだ、と気がついた。

木綿子がここへ植えていたっけ。球根を傷つけないようにと言われて、この辺はいじらないようにしていた。あれからもう、七年が経つのだ。

はっと、気づいた。さっき、ひばりは何て言った？

「お前、花の声が聞こえるのか？」

「花の声なのかなあ？　えっとね、ママのスマホ、あれの声と同じだよ」

『よく頑張ったね、パパ』

さっきは聞き流したその言葉が、じんわりと胸に広がっていった。

木綿子だ。木綿子がカタクリに、言葉を託していたのだ。まるで、タイムカプセルのように。

育児にかけた時間と苦労が、そのたった一言で全て報われていくような気がした。

「他には？」

「パパ、泣いてるの？」

「大丈夫だよ。他には、何か言ってない？　その花」

カタクリの声に耳をすました娘は、うなずいて僕を振り返る。

「愛してる。温人さん」

それはそのまま、木綿子の声になった。

この作品は書き下ろしです。

双葉文庫

い-61-01

彼女《かのじょ》が花《はな》に還《かえ》るまで

2021年5月16日　第1刷発行

【著者】

石野《いしの》晶《あきら》

【発行者】

箕浦克史

【発行所】

株式会社双葉社

〒162-8540 東京都新宿区東五軒町3番28号

［電話］03-5261-4818（営業）　03-5261-4833（編集）

www.futabasha.co.jp（双葉社の書籍・コミックが買えます）

【印刷所】

中央精版印刷株式会社

【製本所】

中央精版印刷株式会社

【フォーマット・デザイン】

日下潤一

ISBN978-4-575-52467-3 C0193

Printed in Japan